穿越千年的唱腔

吴晓明 著

北方文艺出版社

·哈尔滨·

图书在版编目（CIP）数据

穿越千年的唱腔 / 吴晓明著. -- 哈尔滨 : 北方文
艺出版社, 2025. 4. -- ISBN 978-7-5317-6566-0

Ⅰ. I267

中国国家版本馆CIP数据核字第2025BL2688号

穿越千年的唱腔
CHUANYUE QIANNIAN DE CHANGQIANG

作　者 / 吴晓明

责任编辑 / 宋雪微　　　　　　　　　　封面设计 / 邓小林

出版发行 / 北方文艺出版社　　　　　　邮　编 / 150008

发行电话 / （0451）86825533　　　　经　销 / 新华书店

地　址 / 哈尔滨市南岗区宣庆小区 1 号楼　网　址 / www.bfwy.com

印　刷 / 三河市中晟雅豪印务有限公司　　开　本 / 880毫米 × 1230毫米　　1/32

字　数 / 180 千　　　　　　　　　　　印　张 / 7.25

版　次 / 2025 年 4 月第 1 版　　　　　印　次 / 2025 年 4 月第 1 次印刷

书　号 / ISBN 978-7-5317-6566-0　　　定　价 / 58.00 元

序

　　前段时间回海安，应邀参观一家新落成的图书馆，迎面走来的一个机敏的陌生人跟我打招呼，随即自我介绍："我是吴晓明。"

　　我连忙回"久仰"，这不是客套，吴晓明这个名字我是知道的，他这几年写散文写得风生水起，还得过冰心散文奖、吴伯箫散文奖、丰子恺散文奖等。他的散文我也读过一些，感觉很有锐气，却从未与他谋面，这次在那家图书馆，也只是"识"之交臂，我是跟着别人来赶场子的，"久仰"之后，只能匆匆别过。

　　但是不要紧，因为不久他就寄来了这本即将出版的散文集，要了解一个作家，还有比看他的作品更省事的吗？这是一本关于"非遗"的散文集，"非遗"本来就具有某种传奇色彩，加之作者的文笔又极富有激情，渲之染之，让我看得很畅快，且随感联翩，有的感想与作品有关，有的则属于触景生情。但不管怎么说，一部作品具有很好的可读性，并且能让人产生共情和联想，至少成功了一半。

一

全书十几篇文章，除关于运盐河的一篇外，其余每一篇写一种"非遗"产品，举凡道情、号子民谣、打莲花、苍龙舞、花鼓、钩编、木雕、扎染、剪纸、豆腐、糯米陈酒、芝麻油、美食、蚕桑，每一篇皆斐然可观，各具风姿，但尤以最后一篇（戏剧术语中谓之大轴）的《春茧图》最为出彩。

为什么最为出彩？因为根据惯例，每一篇都有相当篇幅写与"非遗"有关的人物，其他的那些人物都来自采访，这一篇中的人物却是自己的爷爷奶奶。我只能说，写自己的爷爷奶奶，想不出彩都难。

且看这样的形象描写：

> 古稀之年的脸藏在麦秆编织的一顶草帽下，由于长期光照的辐射，皮肤显得黝黑发亮，中等身材但人偏瘦，上身穿着一件灰色的小领长袖布衣，脚上是一双绿色的旧解放鞋，整个人显得有点"旧"，但绝对具农民范儿。

最后这个"旧"字多好！我实实在在地被它惊艳到了。其中有流逝的时间，更有血浓于水的亲情，还有更多的意味很难说清。可以说，在这个"旧"字出现之前，关于爷爷形象所有的描写都是平淡无奇甚至司空见惯的，但这个最后出现的"旧"字，却让前面所有的描写一下子形神俱备、生动活泼起来。"语不惊人死不休"，这个"旧"字当得起。而且我还大体可以肯定，这个"旧"字并非来自苦思冥想，而是信笔写来，可谓妙手偶得。

这一段是写声音的：

> 这是爷爷在跟蚕讲话，虽然我听不懂，但从他发音的口型我能想象出他叫蚕"宝宝"，而不是"蚕宝宝"，像是略掉了人姓名中的姓，语气比屋外的雨丝更轻，比记忆里的烛光更柔。

叫蚕"宝宝"而不是"蚕宝宝"，"像是省略了人姓名中的姓"，这样的比喻，都不是作者兴之所至的一时机巧，更是笔下流泻的情感使然。

再看这两句白描：

> 影子在地上"蹒跚前行"，似乎被走廊外飘进来的阵阵春雨打湿。

这里写的是奶奶，奶奶的影子被春雨打湿，这样的意境是不是很别致？

毕竟写的是自己的亲人啊，用不着大词豪语，用不着装腔作势，只需平朴道来，便是"绝妙好辞"。

只有当作者的笔下没有依靠时，才会矫揉造作地抒豪情、寄壮志。

二

《味蕾的记忆》写风味美食：羊肉、猪头肉、麻虾酱、小方糕，看得我口舌生津。

写美食，陆文夫无疑是第一高手。高手不高手，有一个标准，即看过他的文章后，能不能对几样美食留下印象。人们看了陆文夫的《美食家》，一般都会记住头汤面和三套鸭，虽然那两样东西只是说得热闹，其实没有多大意思，但人们还是过目不忘，这就是文学的魅力。陆文夫还在一篇文章中说到红烧肉，说红烧肉的火候很关键，火候正好的红烧肉，装在盘子里，服务员上菜时，那切成方块的红烧肉的一只角会随着服务员高跟鞋的步点而微微颤动。这说法当然很精彩，我却觉得悲哀，因为在此之前，我就早已听一个做厨师的亲戚讲过这句话，但他只说了红烧肉起锅时，那四方红肉的一只角要"晃"起来，没有把服务员高跟鞋的步伐作为参照系和审美视点。陆文夫是大文豪，大文豪的话语权不同凡响，大家都知道这句话是陆文夫说的，很少有人知道在此之前我那个做厨师的亲戚也说过。一次文友们吃饭时，又有人说到陆文夫的这句话，我当即吹毛求疵，我说饭店的服务员不可能穿高跟鞋，这是行业的安全规矩。大家听了都一愣，不知道一向平和的我为什么要认这种死理。

风味美食，重要的是要写出特色，如猪头肉，应该是最普通的食材，在有的地方甚至认为是"发"物，吃了容易发病。这里的沙岗猪头肉写得好，因为他透露了别人不知道的独门绝技。

独门绝技之一，烧制猪头肉的卤汁来自家传的百年秘方。老实说，这一条比较抽象，但凡传统美食，都说自己有家传秘方。家传秘方是个筐，啥子都往里面装。也可能他真有什么秘方，但光是这么一句，读者不会认可。

独门绝技之二，猪头下锅时，必须肉面朝上，骨头朝下。这一条有意思，带点神秘色彩，读者不一定懂得其中的所以然，但肯定是认可的，也是充满了好奇的，这就把读者的胃口吊上来了，文章写到这里就打住，引而不发，不必追根究源，保持一点神秘感。

独门绝技之三，所有的调料放好后，还得加放三只老母鸡。这是实打实的干货，猪头肉里加老母鸡，这种做法是独一家。谁都知道老母鸡可以提鲜、提香，相当于"点睛之笔"，有了这一笔，读者对沙岗猪头肉只能口服心服。

但事情还没完，以上三条是锅子里面的绝技，还有一条是锅子下面的。就像一服中药配好了，最后还要加一剂药引子，旧时的江湖郎中就用这一剂药引子刁难人，如原配的蟋蟀、经霜三年的甘蔗之类（这是鲁迅说的）。沙岗猪头肉的"药引子"却并不刁难人，是大众化的，煨猪头的燃料不能用煤炭，只能用本地的胡桑老根。这就神奇了，有道理吗？也许有，因为胡桑老根的火头柔和均匀，很适合熬煮猪头肉。但为什么一定要用胡桑老根，其他树木的老根就不行？我想，这中间的原因就在于沙岗一带是蚕桑区，桑田多，淘汰的胡桑老根也多，就地取材，用之不竭。以上这些只是我姑妄言之，凡独门绝技，只能点到为止，说多了就不值钱了。

有一年我和几个朋友去海安，回来之后他们总结了两句，说海安之行，见识了亚洲最大的广玉兰，吃到了世界上最小的虾。前者说的是韩公馆里的广玉兰，后者说的是小如米粒的麻虾。并且学会了一句海安俗语:"麻虾一唝,海鲜八桌。"说麻虾酱的味道,顶过八桌海鲜。但这两句也只是说说而已,因为那个"唝"字,始终不知道怎么写。

《味蕾的记忆》也写到麻虾,而且也写到相似的一句俗语:"好菜一桌,抵不上麻虾一唝。"作者把这个"唝"字写出来了。应该说,用这个"唝",意思是最准确的,但是读音相距较大。方言中的字,很难准确地表达。我想,作者还可以追溯一点用这个"唝"字的原理,把民俗学、方言学中的有关知识糅合进去,那样可以让文本更丰富多彩。既然作者说他的写法是"糅合人类学、艺术散文、报告文学和非虚构文本"等诸多形式,再增加一点民俗学和方言学的内容有什么不好呢?在海安方言的研究及文字表述上,刘旭东先生腹笥渊博,如自己拿不准,可到他的"扁担头"上拿一点过来,"岂不懿欤"!

三

这里写到车水号子,说一千多年前的海安里下河地区,插秧季节,某户人家请人帮工踏水。踏水是很重的劳动,帮工们不堪重负,怀孕的女主人帮不上忙,就用领号子的方式给帮工们鼓劲,文中认为这是里下河劳动号子的源头。

这样的情节恐怕只能姑妄听之,因为民间传说就是民间传说,不能视为正史,就如不能把《山海经》中的情节作为中华文明的起源一样。作为劳动号子的"吭唷吭唷"派早在人类的原始时代就有了,这是鲁迅先生说的,也是可信的,其源头当然远不止一千多年。这一点我暂且按下不说,我要说的是,这情节偏偏唤醒了我童年时代的一段记忆，在人生的垂暮之年，重温六十多年前的那些人物和场景，我不禁感慨万端。

夏忙时节，乡村里车水灌田的情景我是经历过的，几十个人一边在车棚里推水，一边打着号子。打号子既是为了提神鼓劲，更是为了协调大家的步伐。领号子的是我一个远房的堂伯父，人们都叫他"三爹"。三爹的号子好，也知道根据大家的体力掌控推水的强度，用现在的话说，他是一个"带节奏"的人，这一点很重要。

那一年夏忙季节灌田时，三爹已老了，也病了，不能参加推水了。但推水不能没有人领号子，大家还是把他请到了现场，让他坐着领号子。那是1962年的初夏，在轰隆隆如雷鸣般的水车声中，三爹的号子高亢激越，也声嘶力竭。他用生命最后的能量，喊出了一个劳动者的倔强、尊严和对土地的渴望。不久，他就在疾病中死去。

三爹的独生子叫圣忠，圣忠的媳妇德兰生性忠厚，会唱不少民歌小调，那应该是她做姑娘时得到了某个民间歌手的传承。每年插秧，到了一趟秧的后半程，也是最艰苦难熬的阶段，大家就叫她唱一段小调。她也不推辞，直起腰亮开嗓门就唱。

这本来是一段男人唱的小调，但德兰唱了也很好听：

> 嗨呀的嗨唷，
> 我问姑娘借这么几样，
> 一借姑娘的甜蜜蜜，
> 二借姑娘的粉花香，

三借姑娘的鸳鸯枕，

四借姑娘的养鱼塘。

于是大田里一阵欢笑，而且有男人趁机向大姑娘小媳妇们借这借那的，女人则用恶毒的诅咒还击，但脸上却堆满了笑容。

我们当然可以批评这种小调的低级趣味，但那是劳动中的一种疏解和挣扎。精疲力尽之下，荷尔蒙是最后的昂扬，调动肌体中所有的力量，熬过终极的劳累。

是的，随着各种繁重的农业劳动被自动化所取代，与劳动有关的号子或歌谣也与我们渐行渐远，以后，它们大抵只会出现在文艺演出的舞台上，那是乔装打扮粉墨登场供人们在茶余饭后消遣的歌谣，不是黑土地上伴随着劳动生生不息的生命的吟唱。

夏坚勇

（夏坚勇，散文家、剧作家。曾获鲁迅文学奖、庄重文文学奖、曹禺戏剧文学奖等奖项，是国内文化散文的代表作家之一。）

目 录

穿越千年的唱腔

一

那是2018年，我以市政协委员的身份前往墩头镇，参加镇工委组织的"非物质文化遗产传承情况"的专题调研，并且在墩头中心小学礼堂观看了一场似乎已经淡出人们视野的"道情"演唱会。这也是我有生以来首次和它相遇。

我看后并没有惊讶，或者说，心境淡然得很。这"道情"所用的腔调均来自民间，如耍孩子、鲜花调、扬剧数板等。以唱为主，一板唱下来有上百句词，当然也有少量韵白。由于曲调的优美，衬托出的唱腔也很动人，其内容充分彰显了里下河水乡的特色。还有一点，是通过眼睛直接感知的。唱者的道具很简单，一个渔鼓，一对简板。渔鼓是一节长约八十厘米、直径八厘米左右的竹筒，在其底部蒙上猪油膜（生猪板油皮）或者蛇皮，用手击拍发出"嘭嘭嘭"的声音。简板是二厘米左右宽、长约八十厘米的两块竹片，在竹片的上端约十厘米处，烘弯成一百五十度左右的角，演唱者用手指一张一合使其击拍，通过击拍发出清脆的声响，与击拍渔鼓的声音相呼应。演唱者怀抱渔鼓，左手手持简板，右手食指和中指击拍渔鼓，通过击拍渔鼓张合简板进行伴奏，两者协调呼应，鼓板相间，有板有眼、错落有致，伴歌而击，唱起"道情"，以独特的打击乐器、独特的腔调、独特的表演形式，构成了独特的风韵……从那以后，每每想起那次场景细节，我的心中常漾起温馨的记忆，好像喜欢上了"道情"，甚至有了想去触摸道具、再次走进现场的冲动。

墩头镇是千年文明古镇，它位于江苏省海安市（2018年撤县设市）西北部里下河区域，河道纵横交错，池塘星罗棋布，水域条件优越，自然资源丰富，故被誉为"鱼米之乡"。同时又因里下河的"稻作文化"极其发达，它的滋润，使水乡人养成豪迈、豁达、质朴、乐观的性格，恰巧二者合一，从而浸淫出灿烂的水乡文化。不过，在众多的"舞龙泛舟""剪纸书画""凤凰道琴"等民间传统文化中，"道情"是最为耀眼的星，唱者用说唱艺术，道出水乡人心中藏着的一桩桩心事，描绘出水乡人想要的日子。

据了解，在20世纪70年代末，"道情"又重获艺术青春。艺人们手执道具，带着看家曲目，走村串户，不是在百姓的门前、院中，就是在打谷场上；不是在田间地头，就是在树下。

那些早早就聚拢过来的村民，里一层外一层，聆听艺人们的吟唱……唱到精彩处，大家好像恍惚进入了一个新时空，自己就是戏中的主角，继而陶醉在奇幻的意境之中。久而久之，艺人们"一路一嗓子"，里下河便有了"凌空而落的一抹红"，打破水乡的枯燥与单调，抹去水乡固守的原色。它生动了、丰富了、热烈了，用这口口相传的唱腔，给里下河地区谱写了一个个故事与传奇，同时也点缀了水乡间醇厚的梦。

我仿佛又回到了那天。舞台上那一声声唱腔、一个个节拍，那腔调圆润的古音古韵、诙谐有趣的里下河乡音，无不倾入心魂；那曲目选段中对生命的祝福、对爱情的颂歌、对英雄的赞誉，处处可见；那"捕得大鱼换彩头，花轿船儿赶巧过，爆竹声声伴渔歌"，给予人希冀；还有那熟悉的历史典故、鲜活的人物形象、独特的音律曲牌……一声声、一句句、一幕幕如行云流水，"抢、紧、平、苦、正、反"荡漾于人生舞台。

正如李培隽先生一副对联所示：田头陌上聆天籁，玉宇琼楼响妙音。时至今天，百姓们喜闻乐见、表达内心朴素诉求的曲艺与民间文艺，有多少遗落于时代急行的脚下？有时走得急了，踩着踩着，竟生发出心与筋骨相连之疼；蓦然回首，又有了"让'陈列在广阔大地上的遗产'活起来"的期盼，为远行人留"一曲"传承。

直到今天，当我重新捡拾起"道情"——这朵中国曲艺百花园的奇葩，我仿佛又听到中国千年文明的呼唤。它有着如此广博的天地、丰硕的过往、精粹的技艺，它的神奇与辽阔，从此为我打开了一扇心窗！

二

这"道"是指言说或者诉说，"情"则是情感。顾名思义，就是演唱者把自己的内心情感向观众或听众诉说。目前流布于里下河区域的"道情"，它在语言表达上，选取了苏州评弹的清丽，吸纳扬州评话、戏曲中戏白的特点，以水乡海安方言为主，情感起伏多变，婉转与激昂并存；在曲调上，除了基本的调式以外，还对里下河地区的民歌小调进行改编，具有强烈的地域特色；在内容上，以农耕者、渔民们的生活为主，偏向于民俗故事、民间传说、婚丧嫁娶、节日庆贺之类。所以，里下河海安"道情"又被称为"水乡道情"。

"道情"起源于唐代，是道人以道学为意创音谱曲（称"道曲"）。就乐曲而言，"道情"上接"道调"，而"道调"又上承"道曲"，"道曲"又源于"道乐"。"道情"艺术直接来源于唐代的"道情诗"。唐代民间新出现一种既唱声又唱情的"道调"，其声为"道情"调，其词即"道情"诗。演唱"道情"时，必须用渔鼓和简板作为伴奏乐器，一般以唱为主，以说为辅，主唱者怀抱渔鼓，手持简板，击节说唱。

到了宋元时期，"道情"逐步演变为说唱体，并在明代趋于完善，成为一种优美的民间说唱艺术。它在流传过程中与各地民间音乐结合，形成了同源异流的多种形式说唱。因为广受百姓的欢迎，"道情"逐步被民间艺人用来卖艺谋生，其内容大多带有劝世教化色彩，引导人们弃恶向善，开始体现出仁德、文野有度、脍炙人口的特点。

不过，值得一提的是，郑板桥在诗、书、画之外，还对"道情"这种百姓喜闻乐见的民间艺术情有独钟。他于雍正三年（1725年）开始创作道情，雍正七年（1729年），他37岁时完成了《道情》十首初稿，几经修改，至乾隆八年（1743年）时方才付梓。

郑板桥直接参与"道情"创作，使得"道情曲"在南方，尤其在淮扬地区风靡一时，深受百姓喜爱，由"雅"走向了"俗"。他的《道情》极具水乡特色，而且其深刻的思想内涵、生动感人的剧情和精巧的艺术结构，再加上几种音乐曲牌风格与精练优美的地方语言的完美结合，致使"道情"极具震撼人心的力量。不仅文人雅士喜欢，平民百姓也喜欢，就连那些文人应试落榜了，也用"渔鼓简板"来消愁解闷。由此，它的惊艳亮相，成了曲艺百花园中一颗最为明亮的星星，并以其独特的魅力影响着一代又一代人。正如著名学者阿英在《小说闲谈》中所讲的那样："道情"也有一个盛世，这个盛世就是乾隆年间，也就是在郑板桥时代。

自郑板桥奠定"道情"根基后，陈少堂成了传承人。清朝末年，陈少堂没能如愿以偿考上举人，当然，落第于他无疑是一次打击。但时间不长，他没有再为自己怀才不遇而苦恼，面对仕途坎坷、官场的险恶与黑暗，他干脆放下，重选出路。陈少堂从小就酷爱"道情"，能唱会说，于是，他下定决心沉下身去，将精力全部投入"道情"艺术的开发与研究上。他从众多流行的"道情"曲目中精挑细选，把水乡区域的民歌小调腔系吸纳进来，独创"时调"，创研出适合仇湖、墩头、安丰、东台等里下河水乡方言音韵演唱的新腔——"声乐曲牌"的板式，从而形成了"行走可歌可咏"的"道情"风格，他还以《三国演义》《水浒传》等传统名著为蓝本，改编成"道情"文本，很快风靡里下河。

以陈少堂为代表的"道情"艺人，白天唱、晚上唱，田头唱、走路唱，甚至睡觉前还得唱，唱尽万种风情，唱出人生百态，唱出悲苦，唱出相思……唱得天翻地覆，唱得鱼儿撒着欢儿跳……究竟演过多少场、唱过多少曲目，无详细记载，但可知的有《义妖传》《白蛇传》《青蛇传》《珍珠塔》《麒麟豹》（刘加桂主编《水乡道情》中记载）等以神话传说人物或历史人物为题材的曲目。

后来，陈少堂之子陈吉林得其父真传，成为新一代传承人。他自幼随父学艺，14岁登台演出，致力于发展其父的看家曲目《白鹤传》，并将该曲目由中篇编改成长篇，增添了多处精彩的细节描写。他尤其擅长书场坐唱，其中的"雪拥蓝关"一节，可唱上三至五天。当然，有时兴之所至，痴迷"道情"的文人雅士不拘于私家堂会演出形式，也去野外、塘边乘兴演唱一番；有时受大家之邀，在一个地方唱上百天以上也是常有的事。由于陈吉林有着超人的想象力，在表演上委婉细腻，对人物的刻画具有"神"的特色，再加上他的唱白均用"家乡话"，借助于道具渔鼓加简板的渲染，特别适合水乡百姓的观赏习惯，因而在民间也扎下了根。

"民国"初年是水乡"道情"演出空前繁荣的时期。各路"道情"艺人自带铺盖，自挑戏装道具，走南闯北、走村入户，有边走边唱、云游四方的艺人，也有坐着唱的"内档"人。一时间，街头巷尾、露天广场、庙台码头、轮船舱内等，台上音色甜美清脆，台下观众心醉神迷，成为里下河最为耀眼的人文景观。不过，在苏中，在江海大平原，最红的还是陈吉林，他的名望可见一斑。

三

"道情"，这个古老的曲艺形式，经历了岁月的洗礼，在今天，依旧为里下河群众所喜爱，在民间世代相传，使海安成为名副其实的"道情之乡"。

但文化的积淀绝非一朝一夕形成，漫长的时光，有多少故事与传承的接力，默默守护这份艺术财富。从唐代的起源，到宋元时期演变为说唱体，完善于明代，形成了多个同源而不同体的流派，深受百姓的喜爱。明末清初，以李沂为代表的流派"水乡道情"开始流行于里下河，迄今已有三百多年的历史。这几百年来，从李沂到郑板桥，从郑板桥到陈少堂再到他的门人弟子，相继又有四五代传人，经过巧妙的嫁接、缀连、拼集，在时代洪流中摸索着艺术前行之道，才使这千年唱腔永葆艺术青春，在民间广为流传。

到了1963年，只有19岁的刘志龙开始了他的"道情"生涯。刘志龙出生于里下河墩头镇的墩头村，是个盲人，先天性双目失明。为了谋生，父母亲让他去学算命，刘志龙觉得这算命是骗人的，他没答应。他寻思着，还是有门手艺好，能当饭吃。于是，他想到了"水乡道情"，因为"道情"在那时已名扬里下河，并且他也经常跟着大人去听，有时高兴了也哼上几句，在他看来，自己是块唱"道情"的料。经过再三抉择，他决定去东台拜师学"道情"。师父就是当红的名人陈吉林，包括他在内，共有4个徒弟，他是陈吉林的最后一个弟子。

"道情"有说白、韵白、唱词等格式，其段落构成非常考究。这对一个正常人而言也许不是难事，但对于既不识字又看不见的刘志龙来讲，可能是太难了，学起来就跟听天书似的，那些曲目怎么能入耳、入脑又入心呢？然而，他没有让父母失望，没有让村里人失望，学了不到三年，师父就告诉他可以满师了。

虽然刘志龙在陈吉林的传授调教之下学成了，但这三年于他而言是何等的煎熬，他不仅要承受心理上的压力，更要饱受学习之苦。开始学习时，他很不适应，尤其是对"道情"的唱腔，什么《耍孩儿》《浪淘沙》啊，连听都没听说过的他，能哼出已经很不错了，但要达到老师的要求谈何容易。于是，那几天，他经常沉默无语，不断反问自己，这刚刚升腾起来的浓浓的"道情梦"，他就因唱腔出了点问题，要被拒之门外吗？他真的茫然了，内心陡然陷入了极度的痛苦之中。

然而，他没有选择放弃，是内心力量的作用。别看刘志龙双目失明，但心里始终是亮着的，他懂得心里有光的人"容得下万物，不乱于心，不畏将来，不念过往"的道理，好像在瞬间，身体里突然有了迸发不尽的生命力量和顽强的意志，而这种强大的意志力，也就是人们常说的"心劲儿"。一个人的力量大不大，主要不在于体力，而是取决于心劲儿，也就是内心力量。内心力量大了，就有了战胜自己的力量。只有战胜自己，才能战胜困难、战胜别人。可见，这种意志力是他战胜困难的法宝。于是，他除了继续认真听、用心记外，有时师父在教其他弟子时，他也会悄悄地去旁听，从不放过任何一次机会。

没过多久，一天清晨，他侧耳倾听陈吉林的"道情"，再也忍不住了，来到大堂，和他一起演唱，得到了大师的赞赏。其实，刘志龙与其他弟子相比有他的优势，说得更准确一点，他有着自己的独特之处——对书目的文字有着过耳不忘的本事。

从那一刻起，他明亮的心活了、广阔了，忧郁一扫而光。他这才知道，以这样的唱腔呈现与还原出的水乡生活是多么的生机勃勃。他越想越明白，在这广袤的里下河，水乡人在日复一日的劳作耕耘下，日子枯燥而单调，这"道情"应该成为他们的调色板。"一到春来，老渔翁独坐钓鱼台，桃花红，杨柳绿，百草排芽遍地开，吕纯阳身背青锋剑，张果老倒骑毛驴，怀抱渔鼓上天台，莺莺小姐去降香，小红娘在月下勾引张生跳过粉墙来，梁山伯祝家庄上访英台。"见面时的热烈，转身后的离愁，都需要在空寂的旷野中用唱腔去稀释。

这样的人注定要和陈吉林一样，因喜爱而成为"道情"路上的"知友"。很幸运，全靠口传心记的刘志龙度过了艰苦的艺徒生涯，期满便出艺回到家乡。在声腔上，他广采博用，运用灵活，独具特色；在演唱技巧上，行腔时多以脑后腔为支撑，收音时又归入鼻腔，且属高腔一类。他是个难得的人才。

不仅如此，刘志龙的唱腔更为细腻柔婉，一腔一调都十分考究，且富于变化，从流传的事例中可窥一斑。《珍珠塔》一直是他的代表作，该曲由清朝光绪年间陈少堂根据苏州评弹词改编，历久不衰，成为各个时期的传统曲目，一直流传，且人物塑造多达10人以上。所以，在曲目的选择上，选用《珍珠塔》的频次自然而然就会高很多。在演唱过程中，他要根据不同的故事情节来选择不同的唱腔，由于有了一曲多腔，拖腔悠长，幽远流丽，荡人心肠，把"赠塔、劫塔、当塔、认塔、哭塔、审塔"等故事情节唱得跌宕起伏、生动有趣，使人们百听不厌。有时连续唱上几天，其内容也不会重复，听众不减反增。为此，他在民间"道情"界、里下河的大地上声誉日隆。

从此，曾经无书、无一丝娱乐的里下河便有了味道，日子里处处弥漫着风情。他常常手执渔鼓、简板，独步于水乡的村落，足迹几乎遍及苏中平原，无人可比……这清亮亮的"道情"，给天唱，给地唱，给沉默的人唱，给百姓唱，墩头生动了，海安丰富了，水乡热烈了。即便苦痛，也要撕心裂肺地张扬着。

彼时，一定有一坡一坡的花儿、一群一群的鱼儿，追逐着这个艺人。

青年时期的刘志龙已被"道情"滋养成里下河的精灵。在南通市民间文艺会演中，他一亮嗓子便惊了无数人，将一等奖收入囊中。1979年，他又被南通地区行政公署文化局评为"南通地区民歌搜集整理和演唱先进个人"。进而，至20世纪八九十年代，他登上了演艺生涯的顶峰……

正是因为传承人刘志龙对"道情"艺术的追求深邃而不凡，历经磨砺风霜，笑看世间繁华风云，将这一古老的艺术形式呈现在大水乡的舞台上，他也成了那个年代不衰的美谈。

四

时至今日，每当我的目光掠过一个个星光灿然的名字，他们非凡的经历、对艺术的痴迷与所取得的成就，常令我佩服不已。但就在前不久，由于刘志龙终身未娶、孤身一人，也没带徒，且年龄也过70了，让口口相传的千年唱腔陷入一种尴尬的境地。如果让这独特而又古老的"道情"艺术渐行渐远的话，远行的人真会失去文化记忆，难以找到属于自己或属于水乡的千年唱腔了。

会断层吗？

当然不会。倔强的水乡人一直怀着对艺术的留恋与尊重，暗中蓄积力量，时时在推进。那年，地方政府为保护和传承"水乡道情"这一民间艺术瑰宝，以"打造一支传承队伍"为抓手，"编好一部道情教材""上好一堂课"，在全市，乃至整个水乡"营造一种氛围"，让这山野之花开得更久、更美！随后还专门为刘志龙老人举办了一场"道情"演唱会，邀请了南通大学的专家学者、相邻县市镇文化系统的名人到场观摩，当然也有相关市县文艺团体前来献艺献技。单独举办全市曲艺类别的大规模个人演唱会，在海安尚属首次，引起各方关注。

令里下河人自豪的是，有这么多耀眼的本土人支撑起说唱艺术的发展与传承。

首推的当是南通大学艺术学院教授、民间音乐研究所所长詹皖先生。抢救方案启动后，他的兴趣最浓，多次带领本校艺术学院和民间音乐研究所师生到墩头镇拜访刘志龙，收集、整理和研究刘志龙演唱的"道情"曲目，寻找民间歌手，反反复复听他们的演唱，一句句核对唱词唱腔，积累了大量第一手资料，且将其收入《南通原生态民歌集成》，予以发扬光大。南通大学还在水乡墩头镇设立了"海安水乡道情学研基地"。

刘和兵，一名初中语文教师，在那天的演唱会上当场拜师，成了刘志龙的关门弟子。三年来，他勤学苦练，十分注重内功的锤炼、心态的刻画、感情的深掘，在质朴中见风雅，在庄重中显大方，初步形成了自己的艺术风格。正如刘老所讲的那样："他学得很用心，唱得也很好。"目前以廉政建设为主题的新编《清廉花儿四季开》，刘和兵正以此在水乡巡回演出，达到了如他所主张的那种境界："演唱时，要以心交人物，以情系造化，才能达到完美动人的艺术境界。"为此，他广获盛誉。

除此，还有教育助理陆军、《水乡道情》主编刘加桂、高级教师陆鸿钧等人，都是墩头镇乃至里下河百姓津津乐道的"演员"和从事"道情"研究、创作有所建树的人士。

另外，特别值得记载的是，就在2019年，"道情工坊""道情馆""道情工作室"等传承场馆在墩头镇建成，并相继投入使用。这是海安面向未来"水乡道情"发展的一项重要举措。

"水乡道情"犹如神奇的大笔，在海安内外挥写着水乡艺人的传奇。令人欣喜的是，当代又产生了两位重要奖项的海安得主：研究馆员崔世莹、音乐人卢辉荣。由他们创作的以水乡生活为主题的"道情"节目《水乡三阳》获得江苏省第十一届"五个一工程"奖；2018年，以家风教育为主题的《好家风放飞中国梦》作为海安唯一参赛的作品，在全省"微党课"的评选中脱颖而出，一举获得二等奖。

这漫漫时光中点点滴滴的人与事，照耀舞台，熠熠生辉：有多少双热切的眼睛，有多少颗对"水乡道情"崇仰、敬重的心，一直在陪伴着它，走过"道情"发展的每一个春夏秋冬。同时，我们相信"道情"这一古老的艺术形式，在这座和谐、幸福、久安的城市中，在这片广阔的里下河平原，定会绽放出更加绚丽的光彩！

五

我的思绪慢慢回到了那天"道情"演出的情景之中。根据活动方案安排，演出时间是下午三点，我在镇教育助理陆军的引领下来到前排就座。

演出的旋律已经奏响，老艺人刘志龙和他的徒弟刘和兵手执渔鼓和简板来到舞台的中央。在背景音乐的衬托下，场面温情、震撼，带有里下河乡土色彩的曲调，表达出特定的民族风俗。主持人出场了，她以娴熟的海安乡音与观众们打招呼，然后介绍台上的两位师徒及今天演唱的曲目。

通常情况下，"道情"由一人说唱，而今天却打破常规，由师徒俩共同演绎。

正演开始了，两人拍着渔鼓、打着简板，一唱一和，十分协调。他们首先用扬剧慢板演唱了《珍珠塔》中的片段"陈府祝寿"：

> 方志文一听眼泪直往下流，
>
> 心如刀绞有说不出的话语。
>
> 原来是我姑父今天做大寿，
>
> 我这个样子怎能去进他门？
>
> 细想当初我家号称方百万，

今天我是身无分文来拜寿。

…………

我想姑父母不是这样的人，

要不是受我方家大恩大德，

哪有他家今日这样大场面？

…………

　　画面感如此强烈与炫目。也正如他们的演绎，视故事情节的变化灵活运用了多种板式来表达喜、怒、忧、思、悲等情感，表演技巧十分丰富，并且情境切换自如，曲调互联流畅。当下已是七十多岁的刘志龙，他一亮嗓子，声音依旧不减当年，口齿清楚，行腔高亢圆润，掷地有声，颇有韵味儿。他，立时不再是舞台上的普通一景，分明就是一场盛大说唱艺术中闪亮出场的主角、一位艺术家，闪耀着夺目的文艺气质，实在令人敬佩。

　　紧接着在"嘭、嘭、嘭"有节奏的击打渔鼓声中，他们又合作演唱了传统"道情"曲目选段《浪淘沙》《银缕丝》《梨膏糖》和新创的表演唱《唱唱金兰芳》等。无论他们采用哪种演唱形式，都能将曲目中人物的各种表情与细微心理表演得淋漓尽致。尤其是看上去并不起眼的两件道具，却能随着故事发展的需要而产生不同作用，时而重击渔鼓如万马奔腾、炮轰雷鸣，时而轻击又可表现出千头万绪、满腹惆怅、悲愤痛切之情……动静交融、瞬间多变，形成似真似幻的舞台效果，让在场的人听得如痴如醉、陶醉其中。

最后一个节目令我喜悦。一群活泼可爱的孩子们随着动感的节拍来到舞台的中央，每排八人，一一对称，共有两排。有男孩，也有女孩，每人怀抱渔鼓，手执简板。据讲，这些道具都出自他们之手，只是在尺码上，比成年人用的要小些……但不管怎样，这古老的唱腔终于穿过那个寒风凛冽的冬天，击退了里下河彻骨的冷风，从校园内流淌而出了。果然，在台上一亮相，虽然音调还不够准确，却让我看到他们一点都不敷衍含糊，每一个动作、神情都浸入曲目里，多么优秀的新一代传承人呀！我隐约看到了"水乡道情"明天的希望……

> 串场河水长又长，
>
> 都说好水好地方，
>
> 逍遥来到里下河，
>
> 穿越时空到水乡。
>
> …………

我愿久久徜徉在"水乡道情"——这个古老而又灿烂的艺术宝库之中，随千年的唱腔穿越时空，越走越亮堂，越唱越光明。

民谣飞飘里下河

在我很小的时候，就从大人们的嘴里听到"里下河"这个词了。我的心中常常有疑问——里下河，是哪里的一条河呢？后来总算知道了，里下河不是一条河，而是指一片较为广阔的区域。从地理意义上讲，是江苏省中部沿海江滩的一块湖洼平原，西起里运河，东至串场河，北自苏北灌溉总渠，南抵新通扬运河。但又因为里运河简称"里河"，串场河俗称"下河"，平原介于这两条河道之间，故称"里下河平原"。

同时，我还发现地势平洼、河道密布、湖荡相连、水域宽广是里下河的一大地域特色，因为这些天然的条件使得这一地区被誉为"鱼米之乡"。海安也列其中。

说来也巧，就在我38岁的时候，因缘际会，我踏上了里下河这方富有活力、极具特色的满含文化元素的热土。一个偶然的机会，我与里下河民谣结下了不解之缘。

记得那天是周五，乡文化站长来我的办公室，还顺便带来一个人。没等他们坐下，文化站长先开了口，向我做了介绍。原来那个人就是里下河民谣的传承人之一，看上去在45岁左右，人不胖，当然也不瘦。

海安里下河民谣是怎么回事？比如它的起源、它的歌词、它的演唱风格、演唱形式等，我都想了解。三人坐下后，我们的话题自然都与里下河的民谣有关。

里下河民谣（或称民歌）的源头可追溯至新石器时代，是高邮市高邮湖及里下河的人们在生产生活中广为流传的传统民间歌曲，主要有号子、小调、情歌及各种生活风俗歌谣、儿歌、对歌等。后随着时代的变迁、人们的传承，在兼容并蓄中，海安区域也逐步发展形成了以"号子""道情"等为主打形式的民谣。再加上海安地区具有土地肥沃、雨量充沛、物产丰富、水网稠密、稻作文化极其发达等特点，海安人具有豪迈、豁达、质朴、乐观的性格，二者合一，恰使其语言和内容也变得越来越具有音乐感染力和多样性，所呈现出来的民谣，不仅有苏南小调那种柔婉的演唱风格，又具有北方民歌爽朗的气质。演唱起来既高亢嘹亮，又不乏委婉柔和，成了当代民谣中最具代表性的一种，更是河水湖水间的一朵奇葩。

传承人讲到这儿，显得有些激动，只见他"唰"一下从座位上站了起来。四周静寂，无人，他不免有些尴尬。于是，他又坐了下来。

海安地理位置的特殊性促使了民谣形成。他这么一讲，我心里有数了，由于海安有着广阔的水域，加上气候温暖潮湿、土地肥沃等因素，使得本地的稻作文化非常发达。而聪明会干的海安人则利用上苍给予的这一优势，种起了水稻。水稻，顾名思义，这种农作物与水的关系就如同鱼儿离不开水，故它的一生必将在水中度过。那么，又怎样将水从河（或湖）中引到洼地中？

相传，在三国后期，海安地区的先民因地制宜发明过三种戽水工具：踏水车（也称人力车）、禽力车和风力车。考虑到安全，最终只留下踏水车。踏水车是一种用人力脚踏的水车，形式有六人轴、四人轴、二人轴三种。

我不由自主地点点头，那人竟能将里下河的故事讲得清清楚楚。水域与气温交织的旷野，才是里下河民谣最好的背景；极其发达的稻作文化，才是里下河民谣最好的内容。

我顺着他的思路，宛如亲身感受。

那是一千年前的事了。传说，有一女子刚从外地嫁到海安来，由于到了插秧季节，田里急需灌溉，而她家中用的踏水车却是四人轴的，按往年惯例，还需外借两名劳力，今年亦不例外。虽然家中多了一个能干的女人，但她有身孕了，这个时候，谁还敢让她上阵，更何况是干力气活儿呢？于是，她只能往返于两地，干点轻活儿，给他们送送开水、换换擦汗巾。上水车时间还不到三个小时，她看到水车上的四人不堪重负且喘着粗气，个个像霜打的茄子似的，精神明显萎靡了。她这才想起娘家人唱出的所谓"号子"，于是，便用"哼号"一问一答的方法来顺气省力。结果还真有效，这个时候大家干劲十足，哼出来的声音也显得格外有力。从此，里下河便有了号子，并逐渐形成了劳动号子。

真够味，一首曲子，一桩农事，活生生呈现在眼前。那遥远年代的故事，今天被传承人面对面演绎得细腻动人。看来，他讲的不是一个故事，而是一个消除疲劳又追求美好的画面。尤其是他描述到"哼呀、哼呀"，手脚同时打着节拍，脸上露出微笑时，我浑身都是劲，有种随你而动、奔你而去的感觉。不过，最动人的不是他的姿势，而是他脸上洋溢的笑容，那种发自内心的自然之笑。

至此，我终于从他的笑容中解读出刚才那目光中的坚毅，那发自内心的自信之笑，必然来自民谣的滋润和支撑，这样的人注定要成为民谣的传承人。

他接着讲，劳动号子（也称水乡号子）在海安地区传唱有近一千个年头了，他们一代又一代人站在这片独特的土地上，随心所欲，托物言志，信马由缰，唱水乡、唱自己、唱生活、唱未来，使这方热土有了凌空而落的一抹红，打破沟渠河汊中的枯燥与单调，抹去里下河固守的原色。又由于海安处于南北经济和文化的交会处，就使得这一地区传唱的民谣最具人气，特别是歌词形象、生动、朴实，演唱起来平易近人，深受人们的喜爱。

作为古老而又神奇的净土，里下河的确承载了艺人们太多的想象与乡愁。

我虽然才刚刚开始了解劳动号子，但我的生命里好像有了里下河的血脉，仿佛与民谣有着生命传承般的关系。

于是，从那时起，只要我一有空，就和他们在一起，听他们讲，听他们唱，当然，要是自己的雅兴来了，也会随之拉开嗓子吼上几句。虽然对一些文字、押韵、方言的行腔似懂非懂，但觉得唱起来别有一番风味，总是让我感慨不已。同时，我也懂得了，劳动号子就是产生于劳动之中的歌谣，在人们劳动的过程中，为了协调劳动节奏、调节呼吸、舒缓身体受到的压力，劳动者发出吆喝声或呼号声。这些吆喝或呼号最初是简单的、粗糙的、有节奏的，随着不断衍化、演变，却成了较为完整、有曲调的劳动号子。更有趣的是，人们在劳动时也会随着工种的不同而有各种不同的动作，比如推、拉、担、抬、举等，身体会随着这些动作形成或前躬、或后仰、或左右倾斜等形态变化，身上肌肉受力部位的紧张或松弛也随之变化，节奏感极强。于是，劳动号子也就有了轻重缓急之分。

在海安，流传的劳动号子从内容上分，有车水号子、栽秧号子、打场号子、挑担号子、渔工号子、抬草号子等；从音乐结构上分，有长号子、短号子。它们都有不同的音调、旋律、风格，韵味纷呈，各臻奇妙，给海安农耕文化涂上了迷人的色彩。

这其中有着以粗犷短促著称的挑担号子，在劳动强度较小时，调子较为悠缓舒扬，劳动强度加大时，则高亢而凝重。别具一格的车水号子，先由力气大的一人领着唱，领唱到了某个音调时，众人跟着唱。当旋律紧凑、急促时，脚底下就踏得快，反之则慢。而气势豪迈的渔工号子，遇到风平浪静时就舒缓悠长，有较浓的抒情味，遇到刮风下雨时，号子则激昂而响亮。

农事的歌词，大多根据劳动者的生活实际即兴演唱，不失幽默诙谐，甚至有调侃调情的段子。它既有指挥劳动、步调一致的作用，也有调节情绪、缓解疲劳的功效。其唱法主要是"领合式"，即一人领唱，众人应和，或几个人领唱，众人应和。领唱者往往就是劳动的指挥者，领唱部分是唱词的主要部分，旋律上扬，较为高亢嘹亮，有呼唤、号召的作用；合唱部分往往是衬词或领唱中的歌词，曲调变化少，节奏感强，常常使用同一曲调或同一节奏反复进行，使得演唱者乐此不疲。当然，也有重唱、对唱、轮唱，甚至有载歌载舞等形式。

可见，作为海安地区的一种文化符号，劳动号子就像一扇窗，透过它可以看见海安这片古老而又神奇的土地上古往今来人们的生活。尤其是那一首又一首民谣、劳动号子，汇聚了千千万万水乡人对生活点滴的素描，凝结了世世代代劳动人民对自然、对生活和对生命的倾诉，不愧为一部镌刻在里下河平原上的传世巨著。

然而，没过多久，就在我下乡工作的第二年，一个偶然的机缘，我又如愿以偿领略到了得之于大自然的天然情趣——里下河民谣的实地演绎。

那天，省电视台某频道来海安录制一档节目，作为工作人员的我参与其中，这也是我的本职工作。

刚到现场就听到："嗨嗨呀，嗨嗨呀，麦黄鸟儿高声唱；嗨嗨呀，嗨嗨呀，收了麦子忙栽秧。"其实，在里下河，每到收割季节，这样的号子就会响起。

我不曾想到，首次录制水乡号子，是在一个旷野，且不是别处的旷野，而是在背景犹如无边的金色的海洋中，是传承人的创作地。

摄制组按照事先的计划安排，找到了传承人。眼前人就是一位极为普通的老农民，中等身材，应该过70岁了，在水乡算是最年长的民谣"非遗"传承人，看上去整个人土得掉渣。可是，他的歌声绝不仅仅是一个海安市可以承载得下的。当地人都称他"张老汉"。

难道传承人都是这样的面孔和打扮吗？我的心为之一动。采访人并没有先开口，我却抢先一步和他交流了几句。然后，我把他介绍给了摄制组。

采访结束后，他笑了。笑容里只闪现出一丝丝腼腆，抑或是谦逊，便再无推辞扭怩。

他回到演出队中，一嗓子唱出：

嗨——

太阳一出热炸炸哎。

诸位先生！

浑身汗水如雨下哎。

嗨哟！嗨哟！

嗨呀嗨哟嗨哟！

嗨呀嗨哟嗨哟！

大田等水插秧苗啊，先生！

我侪晓得咯！

…………

里下河水乡立时活起来、动起来，让人恍惚进入一个新时空。那声音悠扬高亢、奔放开阔、荡气回肠，我从未在这样的情景中听过这样的声音。因为那一刻我便认定，这劳动号子，这车水号子就是旷野的声音。

因为震撼，让我更感到里下河农民的艰辛与不易。不过，就在那一刹那，可能还是因为震撼，我的思绪一下子被拉回到了20世纪60年代。

那个时候，农村没电，更没抽水机，稻田的灌溉便成了农民的一块心病，怎么办？办法总是有的，但是，灌溉的用具太原始了，靠的是一种古老的木制农具——水车。车身长长的，送水的水槽斜搁在河沿上。两头装有大小齿轮，绕着一长串序板。岸上一头的齿轮套在一根大轴的中央，轴上装有若干脚蹬，这是踏水的部位。大轴两边有架子托住，且架子的上方搁着一根粗细适中的毛竹。就这样，踏水人扶着竹竿，踩着脚蹬，转动齿轮，带动序板，便把河里的水提到岸上，从而"哗哗"地流入田间。

因为那时我太小，倒觉得这活儿新鲜、潇洒，更好玩，但后来听爷爷讲，踏水这活儿干起来并不轻松，并非像走路那样容易。四个劳力八条腿必须步调一致，得掌握好齿轮转动的速度，不快不慢、不先不后，找准脚蹬的恰当角度，适时用力，既得劲又安全。踩慢了，脚蹬会转过了头，不仅使不上劲，人还要滑落下来；踩早了，脚蹬还没转过来，用反了力，加上水流向下的力，使齿轮反转，脚会被飞转的脚蹬打伤，严重时还会出血，更糟糕是，序板也会被损坏。而此时踩水的人只能将整个身子吊在竹竿上，当地百姓称"吊田鸡"。刚学踏水的人，吊上几次"田鸡"那是常有的事，但吊多了，会被他人冷落的。因为完不成当天灌溉的田亩数，大家的工分是要被记工员扣除的。

所以，从清晨三四点就开始不停地踩，总是感到有走不完的路、踏不完的水，一直干到晚上七点多才能收工回家。那些人啊，一天下来累得腰酸腿疼，浑身像散了架似的。

多苦啊！我的思绪又回到了眼前。真的太敬佩里下河人的智慧了，在那个年代就懂得用歌声、用劳动号子在吆喝声中传递劳作信息，在唱和声中协调劳作节奏，在哼唷声中表达劳作欢愉，在咿呀声中抒发劳作向往。

这劳动号子从北宋时期起就散发着泥土的芳香，今天又在这片沃土上被演绎得更加动听迷人。他高亢的声音空灵地回荡在秋日的田野，荡气回肠。他唱的不是歌，而是里下河农耕文化的华章，是对海安人顽强拼搏精神的礼赞。

画面中，一个传承人，加上四男和四女：

水已差不多啦！

我俫晓得咯！

再凑哎一把劲哇！

大田水满白茫茫，姑娘大嫂作了忙。

你追我赶抢上趟，今年丰收有希望。

先生不来我还来，我替先生挂招牌。

下次如果有人请，如不嫌弃照上台。

如此强烈的画面感，让人震撼。正如眼前传承人的演绎，尾音由浓到淡，从快至慢，缓缓落下。这车水号子，顺着他的声音远去又走近。

当张老汉唱完这车水号子时，他走到我们面前，半晌无言。良久，还是乡文化站长开了口："张老汉是我们这儿有名的号子王，并且从小就是四乡八镇有名的戏剧达人！这些男男女女都是他的好伙伴。另外，经他提议，准备在村办公室的附近建个文化大院，方案目前正在规划之中。"

我顺势也点了点头，表示有这事。

那么，他规划中的文化大院，是不是要飘满劳动号子的旋律？

回答是肯定的。一首，又一首，他从高亢悠扬的车水号子唱到清朗婉转的栽秧号子，从热情饱满的打麦号子唱到深沉悠远的船号子，等等。他说自己从小就爱唱，唱遍海安地区。小时候，里下河水乡都是这样的声音，唱劳动、唱生活、唱爱情、唱辛酸、唱不易，也唱喜悦。

因为他对唱劳动号子只有两个字：喜爱，所以，在现实生活中，他不管有多难，遇到什么事，都能从困境中走出来，将整理好的一首首号子，走一路，唱一路，干活儿唱，甚至有时吃饭也唱。但他却遗憾地说，小时候自己唱得就好，可惜由于条件的限制，影响了自己的发展。今天说起，他的声音还是幽幽的。虽然世俗没能让他登上歌声飞扬的舞台，但却没有阻止他一路用民谣、用水乡号子挥洒热爱到今天。

接着，他又接二连三唱了近年来经他挖掘、整理、加工，有着浓浓海安民俗味的耕田号子、挑担号子、抬草号子、渔工号子……可谓各具特色，热闹非凡。就连从四面汇集而来的秋风，在他的歌声前也静了、柔了。一个多小时，身边所有的物都静寂了、退却了，留出上空任他的歌声高扬、婉转、流荡。

我很幸运，又碰到了张老汉这样的"非遗"传承人，为了能将这劳动号子传承下去，他在里下河一步步磨炼了几十年，白天走村入户，晚上在灯光下读书、整理民歌到深夜，从未断过对劳动号子的热恋。直到现在已是古稀之年，他还畅游在民谣的世界里无法自持。

可以唱多少首曲子？回答是从不去数，只管唱，只想蓦地抛出这绝妙的声音彩线，荡满里下河就行。

在节目录制即将结束时，他又唱了一段打场号子，这是最后一首了：

> 哎嗨呀的吆吗，哼呐，哼呐，嗨……呀，哼呀的嗨，哼呐嗨嗨吆呐，哎嗨呀的嗨呀，号号呐……嗨。
>
> 嗨呀么嗨，嗨呀的嗨，哼呐哼呐嗨么嗨呀，海棠花儿开呀么开，嗨嗨花儿开，哼呐哼呐，哼呀么嗨呀，海棠花儿开呀。
>
> 嗨呀个嗨，嗨呀个嗨。
>
> 哼啦，哼啦，哼呀个嗨啦。
>
> 满场都是黄金谷！

一个"哼"字，他起起伏伏转了好几个音，唱得彻骨入心！我们的心也跟着跌跌宕宕，好像又把我们唱回到了那个特殊的年代。是啊！正如他在快板中所讲的那样："劳动号子出水乡，千百年来传承唱，唱着好开心，唱着精神爽。你唱我唱大家唱，饥饿疲劳一扫光，咱们种田人，再苦再累也无妨。"

"实在好听！"我由衷地感叹。尤其是手脚同时打着节拍，抑扬顿挫，从心底腾空而起的那种愉悦感，分明不是一个人掼场的声音，而是专门为所有打场人伴奏的器乐欢鸣。唱出了里下河历代劳动人民的精神、思想、生活与情感。

这也让我越想越明白，为什么这民谣，这劳动号子便成了里下河人生动的调色板呢？理由很简单，那就是自从原生态的劳动号子横空出世,一嗓子便可"哼"尽万种风情,"哼"出人生百态,"哼"出相思,"哼"出美好与未来的希求,还有悄然潜藏心底的一桩桩心事。多好啊!以民谣的方式呈现与还原出的生活多么生机勃勃。

难怪青年时期的张老汉在南通市民歌大赛中一亮嗓子便惊了无数人,将一等奖收入囊中。现在看来,一点也不奇怪,实至名归。

我的心活了、辽阔了。因为这一路听来,劳动号子,在某种意义上成了里下河人消除疲劳、平复心情、寻求爱情、追求美好的出口。抬头见天、低头见水的水乡里,劳动号子成为百姓疗伤与养心的良药。那些曲子犹如一阵阵张扬的河风,吹拂着一年年沉闷而充实的光景。

如此,里下河有了律动。

而眼下张老汉演唱的这打场号子,据我考证,最初没有什么曲谱,无所谓哪个字怎么写,只要用自己的声音,一曲一曲唱出一天一天的活计,唱出自己的心情,唱出想要的日子就算完事了。但张老汉为了让里下河人在干活儿时,不仅能提高劳动效率,同时也能获得身心的愉悦和轻松,于是他将其完善与发展,创作了曲谱,并将其固定下来,使音乐的节拍与劳动的节奏能够达到一种和谐,一种节拍上的契合,从而就能最大程度缓解劳动中的疲劳感。于是,便有了今天的改进版。

你听,这号子既微小、青涩,又丰盈、豪强,像极了海安人的性格，淳朴、豪迈、豁达、干练。

嗨嗨花儿开。

哼啦，哼啦，哼呀个嗨啦！

海棠花儿开。

挑把的伙计。

嗨！

场上的把子不多了，请你们抓紧挑把上场哟。

好的哟！

咱们男人力气大，一担能挑十几个把，号子打得震天响，大唱丰收大步跨。

大唱丰收大步跨！

…………

这首高亢昂扬的劳动号子，告诉天，告诉地，害羞的里下河生动了、丰富了、热烈了。即便苦楚，也撕心裂肺地张扬了。

唱吧！唱得天翻地覆，唱得鸡飞鱼跃。在里下河，劳动号子是历代劳动人民精神、思想与感情的结晶，是百姓最亲近的伴侣，也是人民生活最直接的反映，更是对劳动的赞歌，对爱情的讴歌，以及对生活的颂歌。

听到这儿，摄制组的一位同志走过来，问了我句："这号子口口相传到如今，会面临断层吗？"我摇摇头，你听：

  伙家，太阳不早了啊，请你们抓点儿紧，把些活儿早点做掉，不要搭烂啪。

  好的哟！

  嗨呀的哟号，嗨呀的哟号来，嗨嗨呀的号号，嗨嗨呀的号号！

  嗨呀的号啊，号号来……

  只见那中年人边唱着，边带着微笑向我们走来。他与张老汉一样，对劳动号子也只有两个字：喜欢。至此，我终于解读出了他为什么与张老汉有交集，从他那坚毅的目光中可以看出，无疑是来自里下河这片文化沃土的滋润和民谣的支撑。

  难怪他上次在我办公室这样讲道："这十几年来，自己全身都挂满了里下河的风与尘，深深汇入水乡之中，与百姓水乳交融……"我不禁微微一笑。

  如今，那些年那些人的智慧，终于得到了传承。那些曲调、号子和动听的旋律，注定如所有美好的艺术一样，以不可逆转的方式，避开嘈杂的人流，以渐行渐远的姿态回归。

  号子民谣飘荡在里下河上空。

打莲花

在国庆节的一次民间舞蹈晚会上，世代相传的说唱艺术莲花落，竟以舞蹈形式出现在舞台上，让我惊喜万分。

莲花一打格槽槽，新年新岁到宝号。

财源茂盛达三江，生意兴隆通四海。

哎嗨拜，恭喜新年大发财。

…………

随着乡音锣鼓旋律由浓到淡，从烈至柔，婉转而落，音乐远去又走近，我的心脏便猛地一阵战栗，仿佛一下子想起了什么。是的，这个舞蹈于一般观众而言，的确没有什么特别出众之处，它只是换了表演形式，将要唱的内容预先录制于背景音乐之中，抒发了传承人一种心满意足的心理，或者讲，也算是艺人的自我陶醉吧。如果你是从那个时代走过来的人，它自然会在你心中偶尔闪现。如果是当代年轻人呢？谁还能从这舞蹈里感到一种传承的艰辛，感受到特别的意义呢？

一

犹记得，在读小学三年级时，由于我的颜值高，长得白白嫩嫩，小脸圆圆的，常常喜欢"臭美"，几乎两三天就对着母亲出嫁时从外婆家带来的古老妆镜，学着舞台上退场的演员，不是造型，就是微笑，倒是有模有样，弄得真像个演员似的。然后，两手轻轻一甩，小脚丫挪步，后退，摇头晃脑"退台"了。

不久，我真被老师选中，成了学校文艺宣传队一名成员。一次，刚排练完一个歌颂家乡美的"三句半"节目，老师突然叫我们静一静，他讲道："再过几天，我们要新排一个节目，将古老的曲艺'打莲花'，以少儿说唱的形式搬上乡村舞台。"

其实讲到这儿，我也并非一句话没听懂，但对于什么是"曲艺"，什么是"打莲花"，我根本听不懂。在那时，于一个懵懂少年而言，脑中想的问题很简单，一来填饱肚子；二来，放学后，有一帮小孩儿去生产队的晒谷场上玩捉迷藏，或打打闹闹就是最大的乐趣。所以，我无须搞明白。当然，我也无法理解，因为老师从未讲过这方面的常识。即便如此，我还要强装着。老师讲着讲着，忽然转过身去，从他的黄挎包里拿出两块用竹片做成的道具，还做了示范。左手用拇指、食指和中指捏住装有两根铜钱的竹片，右手则用锯齿形竹片敲打或触动左手上的竹片或竹片两侧，从而使前端竹柱上的铜钱因上下跳动、摩擦而发出不同的声响。扬起落下，婉转激昂，节奏明快，奔放开阔，恍惚让人进入一个新时空，使在场的所有人都沉浸在原生态的"莲花曲"中。

我笑了，一种新鲜感油然而生："这玩意好，有意思。"

接着老师又讲道："大家注意了，它叫'莲花板'，至于这两块板怎么打，到时再教你们。当下你们的任务是利用这几天的时间，请你们的爸妈协助，每人做一副和我手上相同的'莲花板'。大家听明白了？"

"听明白了！"原来是这事。

回去后，我利用晚上的时间，在爷爷奶奶的配合下，一副"莲花板"总算完工了。我顺手敲打了几下，发出"嗦、嗦"的声音，还挺有节奏感的。

做成的那天正好是周日。那天下午，我来到房子的东侧，站在桃树下，反复描述一个舞台场景：我的左右手分别持一片"莲花板"，借用在校刚排练的"三句半"，敲下左手上的"莲花板"，说上一句台词，接着刮下，再说下一句……自导自说，搞了一次"莲花板"式的"三句半"。虽说这不是按常规出牌，有些自娱自乐的味道，甚至搞乱了曲艺的演绎形式，但打出的节拍却有高低强弱、抑扬顿挫的节奏感，和着从心底升腾而起的那种喜悦，让我沉醉于彼时的欢愉……每每想起这些场景，我的心中常漾起久远的温馨记忆，儿时对说唱

"莲花落"懵懂的爱好，以及对它的历史、内涵隐隐的认识与理解，还是那样逼真，但又似乎远隔重山，遥不可及。

我的家乡海安历史悠久，是江海文化的源头，早在六千多年前的新石器时代，就有青墩先民刀耕火种、繁衍生息。它位于南通、盐城、泰州三市交界处，东临黄海，南望长江，是苏中水陆交通要冲，气候宜人，雨水充沛，河道成网，物产丰富，故被誉为"鱼米之乡"。并且由于"稻作文化"的滋养，浸润出灿烂的民间传统文化——花鼓、苍龙舞、剪纸书画、道琴、雕刻等。人们常将崇敬的目光投向已有千百年历史的击打技艺"莲花板"上，其斑驳坚硬的竹片有着时光坚韧的厚度与品质，乡人对它有着特殊的情怀，与其他"非遗"文化一样，人们相互依偎，共同"聆听"着历史叩击于乡间的点滴记忆。

同样，也叩响了我的点滴记忆。虽然儿时那副"莲花板"陪了我多年，但后来是如何遗失，我竟模糊了记忆，可稚嫩的打法与唱腔，早已凝结成永久的依恋。

直到今天，当我重新看到这朵中国曲艺百花园的奇葩——"莲花落"在我生命中再现的时候，尤其它那独特的打法，独特的声响，独特的腔调，独特的表演形式，构成了独特的风韵，让我又喜欢上了打"莲花板"，甚至有了想去触摸道具、再次走上舞台的冲动。

二

一段《莲花落》声动梁尘，谁能知道它的前世今生？

莲花落，俗称"打莲花""落子""莲花板"等，是一种说唱兼有的古老的民间曲艺形式。传说，莲花落源于唐、五代时的"散花乐"，为僧侣募化时所唱的宣传佛教教义的警世歌曲。宋代开始流行于京津冀等地。到了明末清初，原本形成于他乡的"莲花落"，却穿越了历史厚重的迷雾，有幸选择苏中平原落地生根，迄今已有三四百年的历史。

曾几何时，起初还缭绕在农家田头、深巷老宅的徒歌清唱、人声帮接，却借天时、地利、人和之便，逐步形成了传承至今而又丰富多彩的唱腔和多个表演门类、形式。其唱腔有"一人站着唱""二人对唱"，或"一人主唱、一人击板、一人托腔"，或"一人站着唱、二人对唱、众人帮腔"，或"多角唱，加伴舞"，等等；表演门类也由传统的曲艺形式向成人舞蹈、少儿舞蹈和带有表演阵图的文艺演唱转变；曲牌上，除了以传统的"曲艺本词""曲艺哭调"为主体外，还吸收了民间小调、现代音乐等；伴奏上，加用了琵琶、扬琴、二胡、笛子等乐器。另外，"莲花落"的道具也得到了改进，有别于其他地区的"莲花板"，其由两块竹片组成。其中一块从上端开始向下装两根各为两厘米左右长的小竹柱，然后将上下跳动的铜钱穿入，再在竹片顶端安上一朵莲花；另一块竹片两侧均为锯齿状。

海安，这颗以其独有的历史文化所孕育而成的璀璨明珠，在古时就具有河道纵横交错、池塘星罗棋布、水域条件优越等特征，且族群几乎为长江中上游和中原地区迁徙而来的汉人，故而人们把它视为传奇之地，作为曲艺形式的说唱艺术"莲花落"也成了江海平原、苏中大地上最具代表性的文化记忆之一。江苏曲艺流传广布、受众千万，在诸多曲艺形式中，"莲花落"最受青睐，在民间扎根，生生不息，如曲目《丝带记》《过新年》《苏区景》《奇怪的皇帝》，以及歌舞《农家乐》，舞蹈《庆丰收》等。这些经典之作，其深刻的思想内涵、生动感人的情节和精巧的艺术结构，再加上多种音乐曲牌风格与精练优美的地方语言的完美结合，极具撼人心魄的力量，从而盛演不衰。于2016年1月，"莲花落"获批成为江苏省非物质文化遗产代表性项目。

同时不难看出，人们之所以爱"打莲花"，也如同其名字中的"莲花"一样，爱的是它的美丽、它的真情、它的圣洁。水乡养人，汇流就是"莲花落"的圣地，而其间的那些珍奇异宝，样样有着人间的温情、人间的崇高。"莲花落"不是简单的曲艺，是苏中人对美好生活的追求，对敬老孝顺的颂歌，对爱情、友情的赞美……它凝结了一代代劳动人民对自然和生命的深刻观照。犹记得舞台上那"莲花一打鞠一躬，面前坐的不老松；彭祖活了八百岁，你和彭祖称弟兄。哎嗨哟，福星高照印堂红"所给予人的希冀，一声声、一句句、一幕幕如行云流水，用无限的遐想荡漾于人生舞台，潜藏着惊人且巨大的精神力量。

它是水流，也是火焰，是豪情、奋兴、刚毅，也是悱恻、绵延、柔韧。正是如此，这"手口相传"的"莲花落"才有了传奇的书写者、演奏者和演唱者，成就了千百年来这古老的曲艺艺术，在尘世之源的流动中创出传奇。

三

一支以年轻人为主体的"莲花落"传承队伍，在这座古城诞生了。这个新文艺群体，由相对固定的爱好者组成。有小学教师，跳舞蹈的；有市文化艺术中心的负责人，做编导的；有民间艺人，搞"非遗"研究的；有来自公司的员工，还有身份不明的……他们都称自己是"莲花落""非遗"传承人。

某一天，我专访了他。他叫葛志华，是市文联副主席、市文化艺术中心主任，也是一名舞蹈演员，更是一名编导。今年他刚四十出头，白皙的皮肤，漂亮的五官，尤其是那颀长的身材让他变得与众不同，特具文艺气质，一看就是文化人，搞艺术的。

我参观了他的工作室，还真别具一格。一排靠墙的书柜里摆满了不同时期、不同地点、不同主题、不同场景的演出剧照，这让我突然感觉到，时至今日，在被时光车轮碾碎的日常生活中，呈现在舞台上的那些故事或片段，不是离我越来越远了，而且就藏在我们的周围，藏在现实生活当中，只是你没有发现而已，就像此时我站在垂直的射灯下，欣赏它们比夜色更安静地"坐"在书柜里时的"表情"。

"二〇一四年,《莲花落》剧照。"我一阵惊喜,终于看到了。

一旁的葛志华看出了我的心事。于是,他打开电脑,让我看下当年的演出场景。一群身着绿裙、手执"莲花板"的姑娘们登场了,她们随着水乡小调,从台子两侧一起"涌"向舞台的中央,优美飘逸的舞姿、明快奔放的节拍、悠扬高亢的曲调一起"共鸣"呈现了人世百态,形成了一幅幅美妙而又神奇的图画,张张都充溢着浓郁的乡土气息。

而在这片大地上,与此曲调相近的,则少了几分婉约,多了几分悠扬,"莲花落"承载着千百年的流韵遗响,不时把别样的精彩带入我们的生活,正如歌中所唱的那样:

> 莲花一打格炸炸,
>
> 姑娘十八一朵花,
>
> 格炸炸的一朵花,
>
> 花开莲花落。
>
> …………

这词中推崇一种高尚的品格,场景就是里下河水乡,时令在七到八月,她们与莲花同镜,随风起舞,似层层绿浪,如片片翠玉,好一幅精美灵动的荷塘景色!

如此,"莲花落"传播的过程,可以说是一个日臻成熟和不断改编的过程,无论它在哪里传唱,哪里的传统习俗和文化元素就会潜移默化地渗透进来，千百年斗转星移，地域之间便有了较大的差异，比如津门的快板和东北的二人转，你会相信它们就是由"莲花落"演变而来的产物吗？

当然信呀。做编导多年的葛志华深深地懂得传承与发展、发展与创新的关系，所以，他一头扎进去，仔细研究，反复琢磨，曾多少次用足迹丈量苏中大地，与当地百姓水乳交融。他通过传承、借鉴加以创新，将民间故事、寓意等变成文字、艺术元素或符号融入动作、队形编排和音乐之中，在动律、力度、幅度上加以丰富，同时再将"莲花落"原有的乡土气息融入其中。这样，舞蹈就更具柔美、典雅的动律，又富有辉煌的色彩，更能引发观众许多美好的遐想。为此，这个舞蹈《莲花落》，于当年获得江苏省"五星工程奖"金奖。

时代赋予艺术以生命，艺术因应时代而繁荣。曲艺作为社会生活的反映，其规律生成和作用发挥皆为时代所然。"莲花落"这个古老的曲艺，就是在长期的艺术实践中，积累了自己丰富的曲目和表演技巧，建立了独特的艺术风格，从而确定了作为一个独立艺术门类的历史地位和现实价值。

当我们把目光投向今天，就会发现有着深厚文化底蕴和传统的这个城市，"非遗"传承人如同长江后浪推前浪，一代更比一代强，是他们一次次用双手轻抚与托举这一不死的艺术。1952年，周圣椿首次创新，将"莲花落"编以歌唱"合作化"新词亮相于南通地区的文艺会演；2014年由葛志华编创的舞蹈《莲花落》作为这座城的"梦里老家"组合节目参加了

"上海市民文化节"和"上海国际艺术节·艺术节天天演"活动；2015年，曲塘镇教办选送的舞蹈《莲花落》，荣获全市中小学音乐教师团队才艺展示（舞蹈类）特等奖；再到当下杨培杰、顾广官编导的"莲花落"广场说唱节目……这些作品代表了不同时期"莲花落"表演的最高水平，如一颗耀眼的星星出现在公众的视野中。

正是由于他们对艺术的追求与痴迷，所以，这灿灿时光中点点滴滴的人和事，笑看世间繁华风云，一一呈现在舞台上。同样，也正是这一双双热切的眼睛，一颗颗对"莲花落"崇仰、敬重的心，一直在陪伴着它，走过"莲花落"发展的每一个春夏秋冬。

四

文化的形成绝非一朝一夕，需要长期的熏陶与积淀。在这座城市中，有一个人不得不提，他叫章仕虎，一位73岁的老人，是今天海安"莲花落"唯一的市级（南通）"非遗"传承人。

那天，那一个阳光普照的下午。按照事先与主人的约定，我专门拜访了他。尽管有电子导航引领，我还是绕了几圈，多跑了几条路才找到要找的人。

眼前的他，方方的脸庞，轻盈的体态，样貌朴素，神态沉实温和，粗略一瞧，就是一名普通农民，或者说，与农民差别不大。但从他的讲话中、举手投足间却流露出自然的美，仿佛他是天生为艺术而生。

走进这座四合院，与其说它是一栋农宅，倒不如说是座文化大院，抛开房子面积不谈，仅中间的天井就有150平方米，这样的文化大院能不飘满"莲花落"的旋律？

一曲，又一曲，自从父传子续起，章仕虎就从少年唱到中年，从欢喜唱到悲伤，从中年唱到今天，从单一的说唱到现在的舞蹈形式，将传统的演唱、打敲技艺转化为具有乡土气息的艺术研究性文本。历经磨砺风霜的他，为了满足我对"莲花落"的好奇，便拿出他的宝贝——"莲花板"，打着节拍，一嗓子唱出：

> 莲花一打心欢畅，嫂子手搀小儿郎，
> 今天读的人之初，来年考上状元郎。
> 哎嗨哟，辅佐君王理朝纲。
> …………

这是一段即兴唱的"莲花落"，唱腔可谓温婉动人、朴实流畅。但在海安，早期的"莲花落"，表演者用土言土语土唱腔在念唱完韵白词句（可以是抒情或叙事）后，每段的尾句，众人则要齐唱：

> 一么子里鲸，二么子银，
> 三打鲤鲫，四鲢鲲，

五么子鲨来，花开莲花落哎。

它的由来很具传奇性，与一段民间传说有关。

相传，旧时一个县官老爷的母亲得了一种怪病，什么药都吃不好。后来请了一个郎中来看，郎中说，要用"鲸、银、鲤、鲫、鲢、鲲、鲨"七种鱼掺和在一起煨汤喝才能治好。于是，县官老爷就把渔行的老板找来，要他想方设法弄到这七种鱼。而县官老爷仗势欺人，要求七天之内把这七种鱼弄来，否则，就要送官查办。还是老板聪明有智慧，怕担责任，他连哄带骗抓住了年轻的渔民王二。哪有这么容易呀？六天过去了，还是无果。王二慌了，打不到这七种鱼就要送官查办呢，他突然想到家中还有卧床不起的老母亲，若被抓去了，老母亲怎么办？他越想越急，便抱头大哭，哭着哭着，慢慢地就睡着了。

他隐隐梦见水面上突然开出了一朵莲花，莲花上站着一个仙女，朝王二飘过来。仙女说："你用一副有莲花的竹板儿敲打起来，嘴里念唱'一么子里鲸，二么子银，三打鲤鲫，四鲢鲲，五么子鲨来，花开莲花落哎'。这七种鱼就会一齐来了。"王二一高兴，醒了，眼睛一睁，原来是个梦，再往旁边一看，奇怪了，还放着一副装着莲花的竹板儿，这是不是神仙念着自己可怜来点化自己？于是，他立马按照仙女说的，坐在网边儿上边敲打着"莲花板"，边唱词儿，果然一网拉上了七种鱼。县官大人一高兴，赏了王二十两银子，母亲的病治好了，从此他家也过上了好日子。

过上好日子！这是天下所有百姓的心愿与期盼。而在那个缺衣少粮、生活极度贫困的年代，能活下来就是不幸中的万幸。所以，这段具有传奇色彩的民间故事恰巧符合那时百姓的心理，把它作为衬词衬句再适合不过了。

"莲花落"也因附上了"仙女"的唱词而变得生动、鲜活、有趣。但事实上，随着时代的更替，它总会像墨绿的香樟树、围堤上阴郁的树林一样形成屏障，遮住人们的视线，形成一种固定形式。而艺术从来不会被一种定式所塑造，本质上它是时代的产物，是通过人的感官对客观世界的反映，从这个意义上讲，它是可以改造和重塑的。于是，在20世纪70年代初，章仕虎大胆提出，将"莲花板"在原来两块板的基础上，再加一块铜钱振动、跳动板，并将其叠加在一起使用。两者合一，不仅可以提高声音的分贝，使音响效果更佳，还能让舞台更有冲击力。三块莲花板沿用至今。

他还记得，20世纪70年代中期，作为一个将传统技艺与当代艺术相融合的"非遗"传承人，其所编出的"莲花落"要有鲜明的特色。章仕虎善于捕捉民间的正能量故事，以此引用、提炼、加工，最终编成词。登台时，借用乡语进行唱白来渲染场面，特别适合苏中地区百姓的观赏习惯；他还注重国内各大流派的走向，取其长、避其短、融其精，形成自己的艺术风格；他更懂得词曲的挖掘、整理与创新将关乎着"莲花落"的未来……这些非一般艺人所能及。到了20世纪70年代后期，他编新词、谱新曲，与仲美娟、潘崇基等人合作，将带有表演阵图的新"莲花落"搬上文艺舞台。更可喜的是，后续不久，在全市民间艺术会演中，他的作品又获得了成功……以鲜活的想象力，拓展了曲艺艺术的边界，实现了"莲花落"质的飞跃，使其成为风格稳定、地方特色鲜明的艺术门类。那是千年的一束光，在民间不"熄"的明证。

喜爱"打莲花"并为之着迷是章仕虎的本性。他走进民间，接触乡间艺人，探寻源流，在整理、加工、研究中忘了忧乐。后来他当上了某乡文化站长。如果说这个头衔是党组织对他某方面的认可，那一定是沉淀在一代代艺人手中，千锤百炼、登峰造极的传统技艺。他从儿时就打定主意，要让这一民间艺术"上"到自己的身上，再一代一代传承下去，他终于圆梦了！

五

艺术是载体，是民间遗书，是深埋在地下的水乡土、平原土，是时代创造出来的形象、符号与情感寄托。它带着人类古老的记忆，带着从"当初不管用什么曲牌，无所谓哪个字怎么唱、怎么说，'莲花板'怎么做，采取什么方式拍打"走向今天演出形式的多样化，道具更具地方风格的跳跃式转变，推进的不仅是时间，也是演进的文化。这其中，是他们，还是他们，一代接着一代，晚霭中亭亭玉立的荷花，他们蹲下来细细观看那片片洁白如雪又粉得如霞的花瓣；向晚的风中，他们在"呼呼啦啦"的庄稼地里，感受着稻谷的阵阵拔节声……用心雕琢，由具体变为抽象，让影像变成文字，汇到他们布满皱褶的小本本中。

艺术归属文化，文化因繁荣而赋予艺术新生命。它可囊括一个时代，代表一个地域，成为一座城或一段历史的符号，以艺术的形式，携带着集体记忆跨越时间，也跨越空间，以古老的方式，代代"手口相传"，在江海大地上，生长出新的枝芽和技艺。

我的思绪又慢慢回到舞台上，再一次被音响唤醒。时而高亢、时而低沉、时而悠远、时而走近的旋律，犹如春天的小溪在开花的旷野里淙淙奔流，立即让我的身体有了不同的反应。这次是热烈的、滚烫的、奔放的，我听见身体里有"开水"沸腾的"咕噜"声，那是身体被"点燃"的声音，它要绽放了。即便如此，我内心的震撼却无法言语，仿佛此时我已经置身在一个符号的国度，一个可以多重阐释的当代艺术的公共空间。但不管怎样，我还是想到"打莲花"这门古老的艺术是有"灵魂"的，它生长着，并承载着无限的当代精神，超前于时代的趣味，看着它，就是凝视鲜活的生命和依然生长的传奇……

苍龙腾舞

当《苍龙舞》的最后一个音符在海安大剧院富丽堂皇的穹顶上碰撞回折、绕梁不散的一瞬间，当那些舞龙女演员优雅地对着观众鞠躬致敬时，在观众雷鸣般的掌声中，我却没有做出任何反应，仿佛一下子想到了什么。温柔的妻子一把握住我的手，不解地问道："你怎么了？"

"没什么……我想起了一个人……"

回家的路上，妻子挽着我的胳膊，悄声地问："你想起了谁？"

"仲美娟。"

"仲美娟。这人我也了解呀，她是一名舞蹈演员。"

"是的，但她更是一名了不起的'苍龙舞'的传承人。"

"你好像在去年采访过她？"

"回家告诉你。"我轻轻地捏了一下她温暖的小手。

那是一个阳光明媚的日子。"五一"过后的苏中平原，处处是翠色盈盈、风光如画。中旬的一天，我和我的文友随着五月的风，在大自然的画廊梦谷里，轻轻"挽起"春的流韵，追逐着在传承路上行走的人。

海安市虽然不大，但我们还是一路走一路打听，穿街走巷才在明道小学找到了要找的人。

走进校门，让人眼前一亮，那人跳的舞真有范儿。她手执舞具，在一群小学生面前，将人们日常生活中的抛物、戏水、巡游、摇曳等动作演绎成"龙刀花""龙戏珠""龙摆头""龙翻身""龙戏水"等韵化了的律动美姿。她随着柔美优雅的旋律，通过手上的"甩""摆""翻"和脚下的"踩""跕""跳"的有机配合，"轻盈游动，穿浪戏逗"。舞至激昂时，如蛟龙入海，波浪滔天；而至柔美时，又似彩云缥缈，溪水回流，大有古人咏舞诗句中所描绘的那种"纤腰舞尽春杨柳"的意境和美感。那景象，那氛围，那优雅轻盈且独具意趣的"游弋"，让所有人都沉浸在这无边的曼妙里，陶醉不已。

不曾想到，初识"苍龙舞"，是在海安市的一所学校，在这儿，"苍龙舞"得到活态的传承与发展。

那舞人见到我们来到操场上，立马收起舞姿，将七彩龙的舞具一折，来到我们面前和大家一一握手。

于是，我开门见山讲了我们一行人的来意。

舞者叫仲美娟，今年73岁，是中国舞蹈家协会会员、省级"苍龙舞""非遗"传承人。其实，仲美娟并非"苍龙舞"之乡的人，她出生在海安一个文化底蕴特别厚重的古镇——西场。由于家道渊源，她自幼就酷爱民间艺术、歌舞戏剧，因其形象好、灵气过人，初中毕业后就参加了镇上的文艺宣传队，常登台表演，被当地人看好。果然，在她不满20岁的时候，就首批入选县农村文化工作队（后改名为文工团），成为一名响当当的文艺人才。

仲美娟来到文工团后，凭着她对专业艺术的热爱与追求，凭着她能说会唱、能跳会演，还会敲锣打鼓搞伴奏的本领，成了团里的业务骨干，很快被团领导任命为女舞蹈组组长。通过自己的奋发努力与辛勤耕耘，进团不久的仲美娟，就将南通市群众文化干部十项业务技能竞赛一等奖收入囊中。同时又因她常常出演，结识了一批国内外著名的舞蹈家和学者，比如资华筠、王曼力、徐尔充、殷亚昭等人，并且还经常书信来往，谈论各自对民间舞蹈继承、发展的感受，更为难得的是，她的有些舞蹈技巧还是从舞蹈艺术家陈妙华、傅道荣那儿学来的。至此，她凭着扎实的舞蹈功底和演技实力，在南通，在江苏省，乃至在全国舞蹈界闯出了一番天地，开始了她的梦想之路。

不久，仲美娟作为编导被调到县文化馆工作，一个偶然的机会让她接触到了"苍龙舞"。正如她讲的："省民舞采风小组殷亚昭、姚剑定老师一行到海安看民间老艺人原始的舞龙表演，由花庄乡一位四五十岁的农村妇女，手持两根用带子连接的竹棍，比画着舞起了小苍龙。虽然动作极其简单，仅有一个双臂划圆大刀花的动作，但这是我平生第一次看到的'苍龙舞'，使我顿时对'苍龙'产生了一种特殊的感情，我决心将'苍龙舞'搬上舞台。"

因缘际会，她踏上了"苍龙舞"的故乡。她像个刚入行的新人，从头学，迈过这片土地的一个又一个村庄，接触那些蛰伏在乡间的艺人，沿着文化脉络梳理传统艺术的前世今生。经考证，"苍龙舞"的最初形成，可追溯到明末清初，《海陵竹枝词·卷二》中有泰州文人康伯山的诗句："秋来七月刚三十，地藏清超佛力深。到晚荷花灯一路，草龙蜿蜒布街心。"（海安古称宁海，属海陵郡、广陵府）这里所讲的"草龙"，即为"苍龙"。可见，"苍龙舞"距今已有300多年的历史。

那为何仅在苏中里下河南缘的古通扬河北岸、海安黄自量（今曲塘）至钟家涵子（今胡集）一带流行呢？仲美娟告诉我们，这与一个美丽的传说有关。

相传，在很久以前，东海龙王敖广每逢生日之时，都要嬉水闹海，兴风作浪。一时间，被他搅动起来的海水啊，就像一条条翻滚的恶龙，海浪滔天，海潮猛涨，向陆地铺天盖地而去，穿过栟茶河，纷纷涌进了古通扬河，结果海水倒灌，致使河两岸禾苗受灾，殃及百姓。

龙王坏事做尽，他的"三太子"小苍龙早就看在眼里，怨在心上。于是，在敖广过生日的前夕，小苍龙一面劝谏父王，一面变成一位白面书生，来到黄自量（今曲塘东郊），率百姓疏沟河，筑堤坝，治水保苗。这一举动，让龙王大发雷霆，派出雷公、电母，把小苍龙打得现了原形。而小苍龙匍匐的身躯却化作了百里长堤，挡住海水泛滥，保海安免遭水患。此后，黄自量一带便出现了许多小动物——"蝎子"（也叫四脚龙），百姓就认为，这就是龙王三太子变出来的"小苍龙"。由此，当地百姓为铭记小苍龙的恩德，每逢丰收时节，都用稻草扎成小苍龙，蒙上彩布，长2米左右，龙头龙尾各一柄，以童男持珠，童女执龙，辗转翻腾，点头摆尾，载歌载舞，以示纪念。

仲美娟不停地讲着、说着，好像忘记了在给我们做介绍，她自己不知不觉地进入到另一个情景之中。时而讲"苍龙舞"的起源，时而讲流行的区域；时而讲美丽的传说，时而说出现了四脚龙；时而讲小龙挡住了海水的倒灌，时而又说它让人间得以五谷丰登。可谓有声有色、声情并茂，她突然忍不住了，便拉开嗓子念唱起来：

苍龙苍龙脸朝东，府上要出状元公。
苍龙苍龙脸朝西，府上一本赢万利。
…………
苍龙苍龙脸朝东，六畜兴旺五谷丰。
苍龙苍龙脸朝西，风调雨顺如人意。
…………

当她念唱到"如人意"时，声腔传承已起悲意。因为她深知，这是对旧时贫苦农家迫于生计的一种无奈选择，才用了这种娱神祭祀性舞蹈，既寄托于龙神能赐予风调雨顺、五谷丰登，又要奉"小苍龙"为吉祥物种，以"苍龙舞"祈求消灾纳福、普降吉祥。希望通过这原生态的舞能感动苍天，让其大发慈悲，降下甘露，滋润田禾，以救万民。

我们都为之感叹，能够想象出在那个远古的年代，这于百姓而言意味着什么。其实，就是一种"信仰"，一种精神寄托，用自己的声音，念出自己想要的日子和潜藏在心底的一桩桩心事。这看似简单的吉言或歌舞，却以民间最为原始的艺术形式唱得惊天动地，跳得地动山摇，让山河动容。

"唱得太好了！"那遥远年代牵肠的深情，被今天的仲美娟面对面演绎得细腻动人。她那高亢而又甜美的声音空灵地回荡在广袤的田野，荡气回肠。她念唱的不仅是一首《吉祥语》，而是一个跃动、温馨而又值得回味的画面。

仲美娟今天描述起来，还是一脸的兴奋。因为她喜爱"苍龙舞"，为了心中的那份特殊的感情，她走上了这条"非遗"传承之路。

从那时起，她的内心，便被舞蹈传承梦填满。历经三年的走访、调查、整理，她将"苍龙舞"这一属于大平原的灿烂瑰宝，一一复制到她的笔下。白天她在文化馆上班，到了晚上，无论是什么季节，她都窝在宿舍或办公室里整理资料。她追本溯源，从原生态"苍龙舞"的素材中，寻求龙摆尾、龙戏水、龙戏珠、盘龙、卧龙等形象化动作，再从建筑、美术、瓷器图案中参照龙的神态，使其个性化、典型化，最后融进锣鼓伴奏的动律，将"苍龙舞"最初的那种"游艺性"转变为"演艺性"。极具艺术天赋的她，除了有着超强的记忆力之外，还有一个绝活，就是将所见所闻即编即唱即跳，有时还善于用老曲新词跳出新的舞姿。

到了1981年，经过挖掘、整理、编创后焕然一新的节目《苍龙舞》在南通地区群众文艺会演上一举获得编导、表演双一等奖。时隔两年，《苍龙舞》又被收入《中国民族民间舞蹈集成（江苏卷）》，由中国舞蹈出版社出版。

此后，仲美娟的心活了，视野更开阔了。她越来越懂得，以这样的方式呈现与还原出的生活是多么的充满活力而又生机勃勃。于是，在保留"苍龙舞"原有乡土气息的基础上，她将苍龙的动作，在动律、力度、幅度上夸大、丰富，运用成语寓意、缘物寄情等个性特色，设计出小龙"脱把腾空"的美妙舞姿，同时，再将里下河民间说唱《唱凤凰》中"凤凰三点头"的表演形式融进其中，这样，舞蹈就更具柔美、典雅的动律，又富有辉煌的色彩，更能引发观众许多美好的遐想。

进而，在1986年，以"龙凤呈祥"为主题的新节目《苍龙舞》再获成功。是年，该节目在上海电视台播放；次年，在中央电视台录播的"元宵晚会"上大放异彩。1988年，该节目被CCTV录入《情系天涯》专题片中，送往驻外127个大使馆播放，并于同年南下昆明，参加文化部、云南省政府联合主办的全国部分省市广场民族民间舞蹈会演，获得"金孔雀杯"奖。

1989年赴江苏省八个城市巡回演出……直至现在，除了经常参加各级政府举办的大型文艺或群众性的民间文艺活动外，各类奖项仍然不断。尤其是1991年，《苍龙舞》随文化部主办的"中国民间艺术团"赴日本东京、大阪等十大城市演出，一个月共演出55场，以独特的艺术魅力，赢得日本友人的赞赏，为海安民间"苍龙舞"走向世界开了先河。正因为如此，2003年，海安市被文化部命名为"中国民间艺术（龙舞）之乡"。

不过，极想探寻的她，并没有因此而止步。从与她的对话中，我得知，在她刚进文工团后不久，因为工作的关系与需要，她毅然决然放弃了报考南京艺术学院的极佳机会。"我要当一名真正的专业演员。"这是她打幼时起就有的梦，偏偏与她擦肩而过。但有时命运就是这样捉弄人，正如那句话所讲，"机会总会留给有准备的人"，机会还是来了。20世纪90年代初北京舞蹈学院开办了成人大学教育，经过严格的入学考试，她终于圆了大学梦。

这关键的一步，无疑为她的传承锦上添花。她说，接到录取通知书的那天她高兴极了，面对大平原蓝天红日映照下一望无际的绿色庄稼，她觉得那就是海洋，只有亲自去试水、去拼搏，才能感到大海的魅力。就这样，她带着心中的执念，以优异的成绩完成了学业，事业上也是收获满满，她华丽转身成了一名集表演、创作、策划、组织和辅导于一体的"全才"。1997年，仲美娟获得了副研究馆员的高级职称，成为海安文化系中女性第一人。

讲到这儿，仲美娟显然有些激动。是啊！我们都知道，传承是一条既漫长又艰辛的修行之路，这条路不好走。那是什么力量支撑着她呢？难道仅仅是喜欢吗？当然不全是！我终于从她的眼神中找到答案——坚毅、刚强与睿智。

恰巧一周后，我作为特邀代表，参加"中国·海安青墩文化艺术节"的启动仪式，有幸目睹了这一民间舞的风采。

我看了下节目单，在整场节目中，"苍龙舞"就占了两席，它的分量就不言而喻了。随着锣鼓乐声的响起，《金龙飞舞》节目开演。

活泼可爱的彩龙登场了。它们在姑娘手中腾舞自如，节奏疾徐有致，不是龙点头，就是龙摆尾；不是盘龙，就是滚龙、嬉龙；不是跃龙，就是腾龙……优雅柔美，多姿多彩。独脚龙银鳞闪烁，小苍龙七彩亮眼；独脚龙吞云吐雾，气势恢宏；小苍龙活泼矫健，栩栩如生，妙不可言。特别是当舞到达抒情段时，那人身模拟龙的姿态，美妙极了，一波九曲、轻举却步、柔婉舒展、秀丽矫健、舞姿婀娜、令人惊叹。当舞到达高潮时，独脚龙飞卷空际，有腾云驾雾之势；小苍龙飞越龙门，有漂洋过海之势。个个能玩"脱把腾飞"。那群龙竞舞的场景，动人心魄，甚为壮观。这本无生命价值的舞具，通过人体的系列动作如"移位圆场""穿花戏逗""弹跳腾越""云游翻飞"等，把龙的那种"翔于天""潜于渊"的欢快感和灵秀感都表现得淋漓尽致，令人叫绝！

要达到这样的水平，实在不易。因为"苍龙舞"流行于我国很多地区，北方有，南方也有，其动作与技术，大家都熟练，都想做得出彩，怎么办？用仲美娟的话讲："办法只有一个——改造、再现。"没错，只有做出别人不会做的高难度动作，只有做出别人不会也没想过的精彩又优美的动作。难，太难了。但可能性就在于此，吸引力也在于此，激发创新的动力同样在于此。这个道理她懂得，于是，她做到了。

面对如此震撼的画面，我觉得神龙远去又向我们走近。正如眼前姑娘们的演绎，刚柔相济，刚则张牙舞爪、威猛激越；柔则三波九折、三停九象。虽为女子舞龙，却充满了阳刚之气。

难怪《金龙飞舞》于1999年被选拔进京，为祖国50华诞献演呢！现在想来一点也不足为怪了，毕竟它集南方与北方各派、各种质地、各种审美特征于一身，而后形成了《苍龙舞》《扁担龙舞》《手龙舞》《独脚龙舞》《人龙舞》等系列"苍龙舞"节目。而这"苍龙舞"，在海安，在苏中平原，就是历代劳动人民精神思想与情感的结晶，也是人民生活最直接的反映。同时，"人龙合一"的理念和"龙就是我，我就是龙"的寓意，更能凸显出中华民族伟大的精神品格。

海安是幸运的，江苏是幸运的。这株生长在水乡中的山野之花，它的横空出世，瞬间便舞醒了苏中大平原，并用它特有的艺术魅力舞响中国、走出国门，告诉天地、告诉世人，海安大地用舞步与歌声重新赋予这一古老艺术新的生命与活力，使其变得活跃、丰富、热烈了。

这样的人必定要成为"苍龙舞"的"非遗"传承人。今天，仲老师虽然不能上场表演，但作为传承者、编导的她，也没闲着。她站在后台的一侧，两眼如炬，直盯台上的每位演员，有时手还舞着，嘴里还在嘀咕着，她的一举一动都很投入，比台上的演员还要用心、上心和尽心。

我看着她那认真、严肃的样子，不由想起她曾经说过的一段话："十年磨了个《苍龙舞》，这十年，我对《苍龙舞》从自身内涵到表现手段进行了不断选择、改造、重组、再现，使《苍龙舞》的艺术水准达到了一定的层次。"不难看出，这《苍龙舞》就是她的心肝宝贝，是她用聪明、灵气、智慧和心血雕刻而成的，必须认真呵护。

有时"苍龙舞"就是一家人的人生。镌刻在大平原上的这部传世巨著，还能断层吗？欣慰的是，仲美娟老师的女儿张静（一名小学音乐舞蹈教师）成了母亲"苍龙舞"之路上的知音，她和母亲一样，爱上了"苍龙舞"。

那天，她一早起床，就站在自家的大院中，反复回忆着，为啥会走上这条路？小时候，因常常跟着母亲去看原汁原味的"苍龙舞"或站在排练厅观看母亲的演出，她在潜移默化中渐渐被母亲的激情、追求打动，被生长在江海平原间的这支奇葩所吸引，并牢牢记住了母亲的一句话："干任何事情都要有毅力和恒心，否则将来会一事无成！"她越来越知道，由数百万年的风、水与时间雕琢的平原世界将以更加绚丽的姿态来回应，来接纳这"苍龙舞"，毋庸置疑，这接力棒她必须从母亲的手上接下。因此，张静成了"苍龙舞"新一代"非遗"传承人。在今天的压轴戏中，她以主角的身份亮相海安。不过，她的舞姿、步伐、容貌一点也不逊色于当年的母亲，后生可畏！

仲老师终于可以放手了。今天，张静这位江苏省舞蹈家协会的会员，坚持在继承中发展，在发展中创新，对"苍龙舞"做了新的加工、整理与补充，新版节目《苍龙舞》即将上演。那些年、那些人的智慧，终归得以流传下去。那些舞姿、舞具、音符曲调，那些惊人的美，也终究可以让更多的人从眼耳到脑，从脑入心，沉甸甸、情切切地醉一回。

"故事讲完了。"我两手一摆。

"讲完了。不过，我钦佩仲美娟的多才多艺，更钦佩她的那种强烈的事业心、不懈的拼搏精神和忘我的奉献精神！同时，也为"苍龙舞"的传承新人张静点赞。"看来，我的妻子有些困了，她撇了撇嘴，打了一个哈欠。

确实，传承"苍龙舞"的主人是位平凡人，可是《苍龙舞》那色彩、舞姿、韵律，那组合图等方面都是迷人的。其实这"苍龙"就是一种成熟的七彩神龙，在每天的不同时刻，它还会使人发生视觉上的变化。在清晨丽日下，它呈现出一种温暖的玫瑰红；正午的阳光下，它发出耀眼的银光；傍晚的夕阳又使它蒙上一层紫罗兰般的色泽。总之，它的颜色不会褪去，即使是在漆黑的夜晚，它也会闪烁着隐隐约约的银灰色光芒。

因为它始终都腾舞在天地间！

鼓点飞扬

  "海安花鼓"从无到有、从小到大，从乡村小路走出江苏舞到全国，乃至世界。这中间，传承人们的坚守与努力功不可没，是他们用那份责任让"海安花鼓"走了出来，活了下来。

  杨培杰就是其中之一。

  那是一个清冷的冬天。苏中平原到了十二月份，冷风已经肆意袭上皮肤。何况，几天前这里刚刚降过一场早雪。那天，是一个好日子，连阴几日后初出太阳。冷空气依然一股接着一股，追逐着乡村绿野上行走的人。

  大平原的田野极为辽阔。尽管我一路走一路问，还是绕了几条路，穿过几条小巷子，才找到了要找的人。

  没有吃惊。面前就是一位极为普通的人，三分像农民，七分像艺人。他说，明年三月份江苏电视台国际频道要来海安录制一档节目——《海安花鼓》，目前正在准备。进屋就是他的办公室，大概有二十五平方米，桌子上铺满了一张张A4纸，地面上也飘落了一些。上面有用黑色笔画出的舞蹈动作、服装和道具，有用红色笔写出的曲子，也有在原来的基础上用不同颜色的笔重新勾画的痕迹，字有些潦草，我看不懂几个，当然，也无须看懂。紧靠办公室一头的就是排练大厅，厅内有二十五人，正跟着音乐有节奏地跳着舞。杨培杰也是刚从排练中抽身，一只手持着花鼓，另一只手还握着缠着绿色大绸的鼓棒。文化人可以是这样的姿势，于是，我心内一动，便开门见山："我想看'海安花鼓'。"

他莞尔一笑，笑容里闪现出一丝丝腼腆，抑或是谦逊，并无推辞扭捏。

"要看'海安花鼓'，当然可以。"

他来到大厅，大喊一声："姑娘们，来一曲！"

音乐一出，四周立时活起来、动起来，让人恍惚进入一个新时空。姑娘们一手执扇，一手执鼓，随着柔美优雅的旋律，带着丰收的喜悦，翩翩起舞。舞姿与鼓点交织，柔情与阳刚交织。既含蓄，又抒情；既稳重，又妩媚。可谓"舞姿飘逸，动静相宜"，极具田园诗般的意境，我们都专注在这无边的曼妙里。

而我，也从未在这样特定的情景中看过这样的"海安花鼓"。"海安花鼓"的鼓点飞扬，给这绿色的原野带来一股清新的风。

因为清新，土里土气，具有水乡特色，更显责任重大。

杨培杰这位不到七十岁的民间文化研究人，是省级花鼓

"非遗"传承人，他的舞蹈绝不仅仅是一个海安市可以承载得下的。那舞姿太过动情，又隐含着瞬息而过的不易。

20世纪60年代末，他告别了五彩斑斓的校园，告别了父母，告别了南通市。他揣着红心、带着光荣、载着梦想、怀着希望、打起背包从南通来到了海安，那一年，他才十八岁。

没有想到，怀着一腔热血的杨培杰，从此他乡成故乡。

有一天，当他忙完脱粒，拖着疲惫的身躯躺在稻堆上仰望天边的晚霞时，田野深处的一声富有韵味的民间小调一下子激活了他的神经。

"这是什么调呀？"他猛然一跃而起，屏住呼吸，寻找声音的方向。在那个清一色样板戏唱腔的年代，这样的声音是多么的可贵与生机勃勃。在这个农田连着农田、沟渠连着沟渠的平原上，农民在日复一日的劳作耕耘下，日子枯燥而单调，兴许这小调便是他们生活的调味剂。

此后的夜，因有了一个奔跑在乡村原野间打着鼓、唱着歌、跳着舞的少年的身影而有了味道。

这样的人注定要走上"花鼓路"。经他考证，"海安花鼓"传入的时间，可追溯到明代的嘉靖年间。"花鼓传来三十年，而变者屡矣，始以男、继以女，始以日、继以夜，始以乡野、继以镇市，始以村俗民氓、继以纨绔子弟。"（《明斋真识·广陵韵事》）后融入宁海（海安古称）民俗文化中，并以地域冠名。由此推算，也有四百多年的历史了。

其实，那时盛行的"花鼓"亦叫"唱秧歌"。秧歌，是一种与小歌剧相似的民间舞蹈，锣鼓伴奏，拍打狂舞、豪迈粗放。当然，有的地区也表演故事。而海安地区的打花鼓，多以说、唱为主，舞蹈动作为辅，分为"角斜""旧场""李曹"三大流派。其特点各有侧重，有的注重舞者之间的配合，讲究气势和队形；有的注重动作的细腻、造型的优美，讲究表演的风趣与幽默；有的更注重唱腔的变化，讲究戏曲表演程式。

极想探寻的杨培杰，一张口就如数家珍、娓娓道来。他在中学时就是文艺骨干，能歌善舞，尤其是擅长舞蹈。难怪我面前的他，虽然人近七十，但身段、笑容，分明是一场盛大花鼓戏中闪亮出场的主角。他坐在桌前，一手拿着花鼓，目光坚毅、沉稳，望向远方。最动人的是他脸上洋溢的笑容，不是大笑，不是微笑，是发自内心的自然、自信之笑。他不像农民，而分明是一位艺术家，是一部影片的主角，闪耀着夺目的文艺光辉。

不难看出，杨培杰和许多传承人一样，对于花鼓就是喜爱。他告诉我，清代时，打花鼓的表演形式完全是原生态的，也很简单，由两部分组成，一是"打场子"，亦称"上秧歌"，常为八男八女之歌舞；二是"杂戏"，又称"唱奉献"，其剧目或为歌颂英雄豪杰，或为吟诵四季花开，或为传说故事，或为谈情说爱。至于曲子怎么谱、歌词怎么写、舞蹈怎么跳，反而不重要，只要用自己的声音和动作，演出一天天的活计和想要的日子就行。后来，随着时代的变迁，它逐渐演变，便有了"红娘子（旦角）""上手（生角）""骚鞑子（丑角）"等主要人物之分，实际上，就是"一旦一丑一生"的三小戏形式，表演的程式也随之变得复杂起来。

讲到这儿，杨培杰动情了，随手用槌敲了儿下，那声音便悠扬高亢、奔放开阔、荡气回肠，与舞者一样，是不加修饰的健康之美。

1970年初，他进了海安文艺轻骑队。命运往往就是这样，无心插柳柳成荫。正当杨培杰开始对花鼓着迷时，县文工团招人了，他以突出的表演才能赢得了老师的赏识和赞许，被录取为县文工团的一员。

从此，他更加努力，将自己的全身挂满了平原的风与尘。他走过乡间的一个又一个村庄，连县外、省外与花鼓有关联的那些区域他都到访过，跟着蛰伏在民间的那些艺人走乡串村，随他们下地，陪着他们干农活儿，坐在田间，听他们信口吟唱，看跳跃的舞步。他的灵感也跟着"哗啦啦"地流淌，将这灿烂的瑰宝，复制到他的笔下。

不觉间一走就是好几年。春秋冬夏，几乎每个夜晚他都窝在十平方米左右的屋子里，仔细研习"海安花鼓"从农民日常生活、生产中提炼发展起来的"三步两搭桥""蝴蝶绕花蕊""风摆柳""撬荷花""莲湘圈子""麻雀移步""喜鹊登梅""鸭子点头"等舞蹈动作，并进行再创作。

1978年，男女歌舞节目《迎春花鼓》穿透那个寒风凛冽的冬天，击退长三角呼呼的冷风，从这个小屋内流淌而出。

海安是幸运的。改革开放后的第一个年头，以"花鼓调"

为基本旋律，以"十月金凤"为主题的八男八女之花鼓，作为南通代表队的压轴节目参加了江苏文艺会演，获得创作、表演双一等奖。杨培杰今天描述起来，还是一脸的兴奋。

此后，他的心活了、辽阔了。他更懂得，没有传承，发展将失去依托；没有发展，传承亦将难以为继。人们的心是流动的、变幻的，花鼓注定是活生生、水灵灵的，千姿百态、变幻莫测的。所以，他多少次高高低低、深深浅浅，用足迹丈量着江海大地，通过传承、借鉴加以创新，在动作设计、队形编排和音乐创作上，将具体变为抽象，将影像变成文字和曲谱，汇聚到他布满皱褶的本子上。到了晚上，他不停地唱呀、跳呀。累了，便就地躺下睡会儿。从1978年开始，花鼓戏的创新发展为他打开了一扇明亮的窗。

1983年，他和文化馆的叶光荣合作，将《海安花鼓》节目整理成文本，由章毓霖绘图，收入《中国民族民间舞蹈集成（江苏版）》，由中国舞蹈出版社出版发行；1986年，以《海安花鼓》这一节目为原型，由他和其余人编排的反映青年男女爱情生活的情节舞《花鼓情》上演；1999年，《海安花鼓》因具有柔美灵巧之风格，从《凤阳花鼓》《兰州太平鼓》《高台花鼓》等节目中突围而出，被选调赴京参加"首都各界庆祝中华人民共和国成立50周年联欢晚会"。这于海安而言，无疑是史无前例的，不仅给海安的百姓带来了荣誉感、自豪感，更是对传承人的一种肯定与鞭策。

21世纪以来，在进京表演的基础上，《海安花鼓》又强化了动与静、抒情与激越的对比，给观众以出乎意料的审美感受，将文化部的"群星奖"和中国文联的"山花奖"一一收入囊中。

谁也没料到，到了2008年，杨培杰58岁的时候，《海安花鼓》应邀亮相鸟巢，参加北京奥运会开幕式前的演出。

多年积淀的"海安花鼓"，在这瞬间终于喷薄而出。以方言说唱为主的"海安花鼓"经过加工、提炼、创新，在国内多达几十种花鼓戏中脱颖而出，成了一颗耀眼的星星。

杨培杰忽然甩开嗓子，欢快地哼起了《花鼓调》。

欢快的曲子、欢快的舞步、欢快的味道，好像一下子把我们推进了2010年上海世博会那场演出的情景之中，令我如临其境、赏心悦目。可见，他哼的不是一首曲子，而是一个跃动着的温馨而又甜美，深情而又感人的画面。

他太投入了。像这样的调子，在这个时间段，按理讲，他应该越唱越高兴才是，可是，就在我回过神来的那一刹那，明显感到声调一沉、一转，转中抑，扬中沉，眼泪随着他的声调从他的眼角漫漫滑出。

半晌无言。许久，他身边的那位文化人终于开了口："杨老师太不容易了，这几十年来持续对'海安花鼓'进行挖掘整理和艺术加工，实现了从'说唱'向'歌舞'的转变，使'海安花鼓'得到升华，成为风格稳定、地方特色鲜明的舞蹈艺术。他付出太多了！"

我点点头，认同那文化人的说法。

站在一旁的杨培杰，这时才慢慢抬起头来，这样对我们讲道:"难呢!花鼓的传承从来就不是一帆风顺的,这当中有歌、有舞、有汗,更有泪呀。"

没等我插话,他又深情地补了一句话:"我扎根于他乡快五十个年头了,为的就是花鼓的传承与发展,靠的就是内心的这份责任和坚守。"当他讲到"内心"时,他的右手狠狠地在心口拍了几下。

杨培杰接着又哼起来,从四边汇集而来的冷风,在他的曲声中静了、柔了。海安生动了、丰富了、热烈了,他的舞步与歌声赋予了古老艺术新的生命与活力。

就在我们的采访快要结束时,同来的一位朋友问了杨老一个问题:"杨老师,这代代相传的花鼓戏往后会面临断层吗?"

杨培杰摇摇头:"不会的,永远都不可能。"

他告诉我们,多年前,自己就深入到学校、社区去,积极推广"海安花鼓"。到目前为止,已经构建成老、青、少三级传承体系,估计有七八万人在"打花鼓、跳花鼓"。县城有、乡村有,老人在跳,孩子也在跳。这对海安来说,不仅仅是用来娱乐的舞蹈,在某种意义上,它已成为这方土地的一种精神象征。

由此可见,海安是幸运的,江苏是幸运的,民族艺术是幸运的。因为新时代赋予了人们新的精神,而新精神又为古老的民间艺术注入了新的内容。苏中人的血液中灌注了祖先不屈的思想,他们用歌声吟唱,用舞步发声。

在旷野中,鼓点飞扬,烘托起了一个"雷雨滚滚"的艺术新世界!

一线生万物

　　古老的钩编技艺传到江海平原，才被喊出那个响彻大地的名字——海安。这里的人们悄悄地说："一根针，一团线，不用油，不耗电，换回一年粮食钱。"在那个物资极度匮乏的年代，虽说有些夸张，但海安确实成了出口品牌的基地，赢得了美誉——"勾（钩）衣之乡"【注："南通勾（钩）针技艺"为省级"非遗"名录项目】。

一

　　某天，受同学之邀，我来到了她的钩编工作室。她和我是高中同学，已从事传统手工钩编多年。起初一人干，拜了些师傅，当然，更多的是自学，后逐渐全家人干，到现在的"经营者+手工编织户"公司化运行模式，用她的执着与热情，将这一传统的技艺，经过巧妙的抽象嫁接、缀连、打样，到钩制成品，在时代洪流中摸索着艺术前行之道。

走进工作室，如万物在阳光下那般，显得"弹性"十足。我用眼睛看，相信我所看到的，相信直觉的力量。这世上的人们猜测太多，又心思各异，而钩编需要专注，若能跟"专注"这一为数不多的品质相遇，也就等于碰上了执针者的目光，平坦就是平坦，断裂就是断裂，绝不把劈开的树木硬绑在一起，这是"修辞立其诚"必守的要塞。其次是观看作品所呈现的静止状态，多大的事件，多无止境的运动，多么混乱不堪，都必须停留下来，接受那一刻的自我检验，或者"飞升"。

一幅名为《宁静》的钩针画挂在墙上。静物挤满了画面，左右两侧没有空间，画面底端有几块棕色背景，等背景过渡到上方已为灰色，灰色并不沉闷，虚静地衬托着明媚的水果，水果堆在一起，画面边缘"切"去几只水果的少部分，像水果太多了一个大篮子装不下。这是工作室里的静物画，每只水果都钩得饱满、色彩鲜亮，唤起人们碰触的欲望；橙子"切"去一片果皮，果粒汁液欲滴又宛若晶体；瓜瓢大面积橙黄，渐近中心时加进了粉色，进而是水红色，进而又恢复肉粉，肉粉的中心塌陷进去，针法细密，顺着果肉的肌理走，可以看出，那一刻，她专注和沉静。一针一钩，一缠一扣，一挑一绕，都决定了生命的确立，还是毁败。正是他对艺术的不凡追求，通过不同的钩编技艺，形成了这幅作品集"露、弹、密、柔、活"于一体的艺术风格。

一件钩编工艺品的诞生，要经过八道工艺制作流程。每一道工序，都由有经验的师傅来保证它工艺上的极致。日积累月，除了沉淀出的精湛的技艺之外，它也形成了一种生活形态，一种精神上的严苛和专注。当它们汇集到一起，以一件钩编艺术品的面目出现，所有背后的艰辛、喜悦都消失不见。人们甘心为一件作品所奴役，里面包含着一种怎样的意义——仿佛是工艺品而不是人进入了历史。人们竭尽全力编制工艺品，用"疯狂"来形容都不过分。哪怕王朝更替，钩编品缔结起的加工制度、组织体系还有运行机制依然牢不可破。

当下，这个县级城市，尤其是在数十年间，"个体作坊"或"松散型"的"企业化"生产管理模式被几十家钩编网店所分割。那一个个在苏中大地上投下的阴影，在阳光下，被光线切割成边缘锋利、线条干净、面积不太巨大的光面与暗影：这是爱尔兰人钩针编织的蕾丝品，或是法国人在蹦圈上的刺绣品，或是英国、美国人的……是在江海平原上的移植。蔚蓝蔚蓝的天空下，翠绿的松柏树、香樟树林，在这片沃土上望不到尽头，几百年来，它们源源不断地为手编作坊提供动能，但旺盛的生命力似乎永不枯竭。内敛、羞涩的桃树，热烈、燃烧的枫树，明亮、温柔的银杏树，它们杂陈在以松柏树、香樟树为主体的树种中，就像钩编作品中的图案色彩那样斑斓、相配、凝固。它们的凸起，又像钩编者用的线，在一种不可知力量的驱动下，她们挥舞着手中的钩针，千千线、万万针，缠过来又绕过去，一群群燕子在空中欢快地飞翔，一朵朵不同形态的牡丹、桃花、荷花在她们的手中诞生了，向人间献美，向空中塑形。这背后，她们拥有着与时代相称的名字：李惠芬、谭薇薇、崔桂芳等，还有网点名：海安、壮志、新生、丁所、李堡、西场、大公、古贲、雅周、曲塘……这些名字，伴随着遥远的年代的歌声、露天电影般梦幻的画面，出现在公众的视野中。

二

20世纪五六十年代，这个城的百姓，日子难过，生活清贫。慧心巧手的钩衣女，为了养家糊口、渡过难关，不得不拿起这根小小的钩针，开始了艰苦的编织生涯。没有线料，她们把废旧袜子、手套及其他针织品拆成线；没有钩针，自己动手制作。忘了吃饭、忘了睡觉，周而复始，低着头，佝偻着身子，不知疲倦专注于钩编，从起头线圈开始，逐渐钩编成一条线链，环环相接、片片相连。通过对生活的细微观察，一种潜在的原生态与美学、时尚元素的融合，用精湛的钩编工艺加以诠释，创作出一个个、一件件、一批批绚丽多彩、极富民族风情，且造型别致的钩针艺术品。今天看来，虽然当时的颜色没有那么绚丽，外形没有那么逼真，针法没有那么精细，价格没有那么高昂，但人们生活的压力却得到了缓解，生存空间得以拓展，更给家庭带来信心，带来希望。

到了20世纪80年代，古老的华夏大地上掀起了一场改革开放的浪潮。顷刻间，这座城，各行各业间开始了纵横交错的兼并、重组，一浪高过一浪，一时成为街头巷尾百姓议论的热门话题。人们没有被这股滚滚的洪流所淹没，反而激发了他们对自主创业的热情和追求。经过联营、县社合营，全县"钩针衣"生产网点数立马发生改变，增加、调整为四十六家"线网厂"和两家"国营工艺美术公司"，从事钩衣的编织人员也骤然升到几万人，上至六七十岁的老人，下到十六七岁的小姑娘。这些名字脱胎于此，意味着一个时代的终结和另一个时代的开启。

由此，"钩针衣"产业的兴起，时代的烙印，这针与线和这经过艺术再造的物件，赋予了人们满是激情的相似的表情。那些钩织工艺品：梨花、梅花、菊花、枫叶、竹子，时尚、飘逸的围巾、鞋帽、时装、晚礼服等轮番登场。与时代主题相匹配的画面、场景，被钩衣者用灵巧的双手在针尖上浮现如初，这既是生活的对应物，也是一种提炼和升华，更是一种审美和欣赏。它们与自然界中的万事万物互为表里，凸显了一种对新生活的热爱和理想。

其实，热爱也好，理想也罢，都是自我的良好感觉主宰了他们的生活，使他们在消费、娱乐、恋爱、交往等日常生活的伦理和细节中获得一种自尊、自豪和由衷的幸福。同时，那也是一种对自我身份的认同，当然，这种认同，是社会及经济地位的上升所带来的。

当历史的时针指向21世纪时，那些传承人或设计师们对钩编艺术这一瑰宝又开始了新的研究与创新。在艺术品的内核上，注重现实生活和环境下反映的文化形态，把现代时尚文化、生态环境保护理念有机结合。凭着一根根钩针，钩编出具有明显创新意识和时代特征的作品；在钩编设备上，特别是近十五六年来，通过对电子技术的开发与应用，将"钩、缠、挑、绕、扣"等针法融入智能设备中，实现了"人机合一"的钩编半自动化，有效地减轻了钩编人的劳动强度，大大提高了工作效率。正因为如此，这一编织产业链的形成，便成了人们的"聚宝盆"。

现在，"钩针衣"这颗追求艺术完美的星星，任谁都无法阻止它前进的脚步。在设计理念上，紧跟时代的潮流却又不落窠臼，追求小中见大、时尚浪漫、镂空立体的艺术效果；在表现形式上，运用好浮雕、透雕等手法，通过巧妙、灵活的针法，把色彩缤纷的大千世界都浓缩于艺术品之中，使其成为一幅幅立体的"画"，让人们尽情地享受无穷无尽的乐趣和色彩斑斓的生活。

三

我边走边看，这是一个奇异的空间。一楼展厅，四周挂满了不同时期，以树叶、水果、花草、飞禽走兽、鱼儿戏水等为主的单件作品。例如：用彩线钩制的翘尾喜鹊、累瓣盛放的梅花、尖而旋转的兰花瓣、沾草披花的兔子、活泼甩尾的鱼儿……当然，也有图案组合的画面，如刚开始看到的那幅《宁静》。很难想象它们出自一位从未学过画的六十六岁女人之手。她整个人和作品都透露出一种认真、朴拙、天真又机趣的味道。大枝大叶、大花大果，招展的羽翼、飞翔的意念，那是属于一个从乡野走出来的女人内心的辽阔。

这是时间的"博物馆"，让人感叹一个人口积月累的功夫可达到的深度。主人清秀温和、形神稳定、性情磊落，用一口地方方言，不厌其烦地述说，使得那些钩编概念、钩编技艺的由来与发展、创作生成与技巧、产品出口都一一化作空气中飘舞的尘埃……这座建筑本身就是一个奇观，由她带领，我们踏上曲折的楼梯上到二楼。二楼展厅是新开的。二楼是个开阔、壮丽的空间，一派温婉绮丽的东方美学，呈现出当代时装与艺术在当代语境中的新对话、新可能，极具艺术的感染力。远看一群少女穿着不同色彩、不同图案、不同样式的钩编服装，正迈着猫步走在T台上，几乎一样高的模特儿在虚拟的舞台上走秀，像一朵朵云，又像一个个"天使"，在聚光灯下用舞姿向人们展示针尖上的艺术品的魅力和价值。这也许正如她所说的那样："'非遗'成为时尚秀场中和谐的一部分，因为它不突兀，所以才适合当下穿着。希望未来能有更多设计师思考如何将'非遗'的核心文化符号做现代转化，做出更多符合现代生活语境的作品。"

"做出更多符合现代生活语境的作品"，这句话说起来容易，其实，做起来很难。当代生活语境中的艺术作品，其特点是在传统中延伸与蜕变，创作贴近时代脉动的作品及相关联的风格、语言。处在历史转折点上的当代艺人，无不在这整体氛围中，选择自己的表现形式与创作道路。在我看来，她的这些作品既有"非遗"的元素，又在接受新鲜事物中逐步摆脱思维局限，更注重了针法的技巧、线与颜色本体的搭配，基本上有了那种酣畅淋漓、空灵飘逸的独特的美感。

在二楼的展厅中，还有一组场景尤其引人注目。一位"女士"（假人模特儿）优雅妩媚，穿着一件晚礼服，"她"的右手挽着男人的左胳膊，栩栩如生，像是走进了晚会的现场。那一瞬间，在我的视野中出现时，如同一场盛大而华丽的演出，我内心的震撼无法言语。我仿佛置身在一个符号的国度，一个可以多重阐释的当代艺术的公共空间。我的情绪被唤醒——对钩编技艺和这个城市的认识更加全面。此前对古老的钩编技艺会不会渐行渐远的忧虑，则变得遥远而陌生。这座城远不是那停滞的国营工艺美术品公司给人留下的印象，满是陈旧与衰败的错觉。从内容看，它生长着当代精神的无限可能，超前于时代的趣味，是一种活力与创造力的表现。

从我的同学的站姿看，聚光灯下，她的举手投足、表情刚好与假人模特儿协调一致，可能是由于她身材颀长，几乎跟"她们"一般高。在定格的那一瞬间，乍一看，还真辨别不出谁是真人。"她们"身着的服装拥有一个好听的名字——梅花棉线衫。图案取于梅花，象征着穿者坚强、高雅、忠贞，是一种内在气质的外在表现。荷染霞光丝线套衫，荷风送暖，阵阵花香，让穿者身临其境，有种惬意的舒畅和怡然自得的心情。还有什么敦煌飞天、睡莲、星空、向日葵、蝶恋套头衫……就连我的同学身上穿着的那件收缩衫，也叫"江南二月"。坦率地讲，如果让我评价，我无法置喙。在我的审美系统里，我似乎没有把用传统技艺钩成的花木、树叶、水果等工艺品放置进去。但我知道她为工作室的设计、空间的划分、工艺品的摆布、人物动作的造型而不安过。同时，我更知道，每年除国人之外，还有多个国家和地区的人到这里来参观，订制钩编制品，把这些具有地方特色又有鲜明人格属性的工艺品展现在世人面前。

作为一个将传统技艺与当代艺术融合起来的艺人，她的作品有着鲜明的标签，同时难以定论。实际上，这个"难以定论"不能用在所有艺人的身上，它只对精品中的极品而言。当然，制造极品的地方或这个区域同时会迎来属于自己的荣光，且可以"撕心裂肺"张扬了，告诉天下的人们，江海平原、苏中大地是如此丰富多彩、热烈而又生动。

海安亦是如此。不熄的传承火焰照彻了它的过往，使每一个细节都熠熠生辉！

四

这个城市，手工钩编作为一种产业、一种文明，已延续了三四百年了。试想一下，世界上还有哪个城市，靠一种产业支撑几百年并且还在红红火火的延续之中？我被自己的发问吓了一跳。

清初，当时这个城市还叫海陵县，隶属于泰州。它的地理位置恰巧处于江淮、江海两大平原的交接处，由于这个区域受旧时风俗习惯的影响，加之在农耕社会"分散、封闭、脆弱"等大背景下，女人们在青春期都是梳着辫子的，到了婚后才能将头发盘成各种类别的发髻。让人好奇的是，有些女人总喜欢在发髻的外面戴上一个针法独特、色泽鲜艳的罩子（俗名"网儿"）。其实，这个"网儿"在江淮地区是用"梭子"织造而成，在江海地区用"钩针"钩编而成。也正是这个地区女人发型的转变，发罩的网织与钩制也随之结伴而生。于是，这座城就有了发髻网、发罩、发髻花、压发帽，还多了些附属品：粉扑、童鞋、荷包、水烟台套儿等。

那么货又是怎样卖出去的呢？有固定的销售点或像现在一样，有连锁店？我真被自己问醒了。那时怎么可能有呢？唯一办法只能是靠自己，挑着"货郎担"，边走边吆喝，一嗓子便喊尽万种风情，喊出人生百态，喊出枯燥杂乱，喊出悲苦，还有悄然潜藏心底的一桩桩心事。

这样人注定要成为钩编技艺路上前行的人。没错，现年已九十五岁高龄的李惠芬，在她八九岁时，常常在天刚亮的早晨被一阵熟悉的声音唤醒，时而高亢，时而低沉；时而悠远，时而切近。她知道，这是走村串户、走街串巷赶早的"货郎担"。

因为喜欢，更是因为对传统钩编技艺感兴趣。美的觉醒大概在十岁那年，她忽然渴望能像执针的姑娘、妇人一样脚穿一双袜子，步步似有香气飘浮。到了十二岁，她真能钩制和粉扑、帽子、童袜等类似的工艺小件，心中的钩编梦又一次升腾。从此，她更加努力。然而，一件工艺品从起头到诞生，需经过好几道流程才能完成。首当其冲就是"花型设计"，这对于一个从未接触过美术专业的人，是何等的难呀。

聪明好学的她，将目光放在野地的草丛间。久之，拾起一根木棍，在泥地上涂画。尖草叶、圆草叶、纺锤形叶，梅花瓣、兰草花瓣、栀子花瓣、茶籽花瓣、杜鹃花瓣，喜鹊、翠鸟、牛、羊、兔，她不信自己画不出来。

大自然慷慨，早为人的眼睛准备了缤纷的美物，让人看都看不过来。没有样品（也叫样张），她就地取一片枫叶、一片芭蕉叶、一朵桃花，用旧袜子拆下的线，模仿花叶的纹路和外形，一针一针按图案采样……不久，她钩出了第一朵梅花，成为艺术品，挂在墙壁上，又静静地开放在她的鞋面上，那是她的"自造王国"里最初的生命迹象，羞怯、娇弱，却有着自野地里便蕴积起来的生命力，自然蓬勃，裹挟着阳光、雨水、霜露、冰凌的气息。

她悄悄地搭建着属于自己的领地。有一天，镇里人注意到这一片被忽视的园地里竟然盛放着葳蕤的花草，洋溢着活泼的生趣，原来这个妹子有这么一双巧手和一颗灵慧的心。旁人的赞美像一面镜子，让她看到了自身的存在。

1950年，她如愿以偿进了县手工联社，成了中华人民共和国成立后这座城中第一代钩编技艺的"非遗"传承人。那是一根针、一根线为她建构的避难所，是她的花园、她的世界。

如鱼得水的她，从那往后不断推陈出新，产品也从初期的经由上海工艺进出口公司转销国外，发展到注册"美乐牌"商标组织外销。通过县手工联社对产品的开发，这座城的工艺美术编结总厂、工艺美术品公司相继诞生。各乡镇的网点也从七家扩充到近五十家，从业人员达五万多人，当年产量可达百万件，并且80%左右远销国外，被客户、外商誉为"东方珍品"。

1990年，国家轻工业部专门为李惠芬颁布了荣誉证书，表彰她从事工艺美术行业相关工作三十年，为我国的工艺美术事业发展做出贡献。而今，李惠芬还没有放下自己拿了一辈子的钩针，仍专注于针与线的咬合，在钩与缠的游走间实现建构、实现创生。她从年轻时就打定主意，要让这传统钩编技艺一代一代传承下去。

五

钩编工艺品，这朵开在历史深处的花，是中国工艺品中最为耀眼的一朵，闪烁着神奇、灵动、典雅、华丽和飘逸的光芒。它带着人类古老的记忆，带着从1800年前古老的针法与织品走向江海大地、苏中平原，实现了跳跃式的转折——改良了欧式抽纱的编织法，由织变结；改变了产品的单一性，从最初的"小件"钩制，向"钩针衣"拓展；打破了传统生产的方式，也从"一家一户、一人一品"民间手工操作工艺，向"外来货单、指定款式"纯工艺产品演变。完成了从抽象图到花色图，由花色图再到最终的"钩针衣"的转变，推进的不仅是时间，也是演进文化。

而这种文化演进，就是针与线的艺术，两者就像几何学中的点与线，变得让人不敢相信。点动生线，线动生面。工艺品一旦横空出世时，如羽镝之鸣、星过夜空。针法的运用，线的起落、走势、轻重等，灵动地捕捉各种美感。花开早春、叶落霜天、喜鹊登梅、万马奔腾……从亦虚亦实的万物到眼前的一片树叶、一枚花瓣、一个水果，都是线条的杰作。当然，它的魔力不仅在此，同时更在于其主观精神，可囊括一个时代，代表一个地域，成为一个国家或一座城或一段历史的符号，以艺术的形式，携带着集体记忆跨越时间、跨越空间。

如今，俗称"网点"的"四十六家线网厂"已成为旧照片中消逝的"风景"，它们是时间的道具，是"网点"记忆的样本。但这个城市中的格利诗服饰、工艺美术、森宝服饰、倍恩抽纱等规模企业，正形成新的业态和技艺。在这个文艺群体中，有美术专业毕业的科班生，有钩编技艺的领路人，有刚进厂的待业青年，有并非出生于这个城市的，但他们最终殊途同归，都是因为钩编工艺品的魔力。如果再讲得准确一点，这个城市依然为世人所夸耀，那一定是沉淀在一代代传承艺人手中千锤百炼、登峰造极的传统钩编技艺，其次才是钩编品的魔力。

所以，它自身就是一座巨大的时间博物馆。钩编技艺是载体，是时间的碎片，是民间遗书，是社会结构的表现，是组织形态的结晶，更是文化遗产……钩编技艺是一种"不死的手艺"，也是一个"未亡的魂灵"。从某种意义上讲，这座城是建在"钩针衣"上的一座城，有着温暖、时尚的光泽，靠想象力拼贴的图案，温润如玉的颜色和柔中有刚、柔中带韧的品质。本质上，它是时代工艺、哲学、审美的产物，是人们头脑中创造出来的形象、符号、情感寄托。经过艺人之手弯折穿梭、扭转缠绕，巧妙地把地理、人文、文学融入作品中，塑造出千千万万最新、最前沿的思想与审美能力。

用钩编技艺合成的工艺品，就是一种文化、一种艺术，更是一线生万物的艺术品！

檀雕成像浮现如初

我对木雕作品情有独钟，由来已久。

20世纪90年代末，我还在某市乡镇工作的时候，因一次出差的机会去了深圳，闲逛之中，从古玩店里买来一只笔筒。当时刚进店时，我粗略一看，并非心动，但不知为啥，就是迟迟不想和它挥手告别。尤其是笔筒圆形面上均衡分布的九只麻雀，通过木质载体以浮雕形式呈现，把麻雀的那种神态、丰满的羽毛及在俯仰、向背、正侧、伸缩、飞栖、宿鸣中的身姿形态都雕刻得惟妙惟肖，改变了国画二维空间展现的局限性，使整幅作品产生了不同的肌理效果与光影层次，完全是一种新的视觉冲击与触感的结合，殊为可爱，让我爱不释手。经店主介绍，原来这只笔筒是某公司刚刚上市的一款新品，笔筒上"成群的麻雀"是用一种新技法雕刻而成……难怪它的线条自然流畅，雕工精美，栩栩如生！

到了21世纪初，我调回市级机关工作，又小心翼翼将笔筒带回，放在办公桌上最显眼的位置。来到新单位，工作性质与乡镇迥然不同，打交道的都是些海安文化名人、名家。久而久之，一个偶然的机会，让我又重新荡起心中的涟漪，渴望对木雕艺术之美进行深度研究与解读。

记得那天是周二，对海安历史文化、人文文化、"非遗"文化等颇有建树的崔老师因事来到我的办公室。他的脚刚迈过门槛，一双目光如炬的眼睛就死死地盯着那只红木笔筒，没等我开口讲话，便先打开话匣，滔滔不绝："你是从哪儿买的？""到手多少年了？""的确有收藏价值……"而我呢？偶尔才能插上一两句话。

其实，我国的木雕艺术最早可追溯至新石器时代，浙江余姚河姆渡已有木雕品。到了秦汉两代木雕工艺趋于成熟，唐代趋于完美。后随着时代的变迁，这一凝结着中国数千年的文化与技艺的艺术品，依旧为广大百姓所青睐，在民间扎根，生生不息。据传，到了明清时期，航海家郑和连续七次下西洋，历时二十八天，于多次东亚之旅中引进了红木硬质材种。于是，从那时起，在传统的椐、桑、柞、槐等材种中又增添了具有"材色悦目、结构细腻、木纹美观"特色的"新成员"，并且在传统家具中的运用也达到了顶峰。由此，具有中国传统文化精髓的红木雕刻便流传到了南通，在江海平原、苏中大地上，就有了这一行当和遍布城乡的手工作坊，延续至今。

他又讲到，红木雕刻艺术品的出现，极大地提升了作品的观赏性、实用性和保值性。大到床榻、橱柜、屏风、桌椅、案几、妆台、衣架、宫灯，小至算盘、棋牌、笔筒、笔架、砚盒、镇纸、筷子、雀台等，应有尽有，其精贵度可以与珠宝玉石相媲美，深受高端人士的喜爱，更成为富有收藏价值的艺术品种。

我由衷地点点头，关于木雕的起源、红木的出现、作品的种类等，我算是在今天补了一课。虽然崔老师今天的解读并不全面，甚至有些零乱，但从他的话语中，还是给了我些启发。同时让我大喜过望的是，他向我推介了海安本土的一位中国木雕艺术大师——南通市红木雕刻"非遗"传人陈加国。

按照约定，于庚子暮秋，万物未及萧瑟之时，我来到了中国木雕艺术大师陈加国的工作室。

那时我并没有留意，自然界中的万物，尤其是难以洞察的一些细节或微小变化，经由一把刻刀，都可以在檀木上立体地呈现。

刻刀就像啄木鸟的长喙，钻进树木中，时而深，时而浅，毫厘之间来回摆动，小心翼翼地挺进，一再地剔除、剔除……最终，"重建经由摧毁确立"。

万物在木面浮凸而出。我第一次见到"两只仙鹤一动一静悠然于竹荫之下"的《双鹤图》；"眼睛灵动有神、灼灼有光，三趾在前、一趾在后，遒劲有力、稳稳扣在松枝上"的《白鹇图》；"体格强壮、形态各异，眼睛又大又圆，表情给人感觉惬意极了"的《五牛图》;"尾羽舒展、展翅飞翔、转身鸣叫"的《寒雀图》《花鸟》大屏风;"钢钩般的鹰爪、犀利的眼神,俯冲攻击如闪电般"的《鹰击长空》挂屏;"匹匹高得雄健、精神焕发、昂首扬尾、自由奔放"的《八骏雄风图》……它们,亦虚亦实的万物,还有造型优美、婉约有致、花鸟鹿鹤相得益彰的《顶箱柜》《罗汉床》《书房》等大型作品,经由如喙的刻刀,使得红木面凹凸分明、形神逼真、疏密合理,从而获得参差活泼又踏实的生命形态。

其实,雕刻技法就是"踏险之旅"。这是因为刻刀接受手指的指挥,而手指接受心的指引,坚硬的刻刀与手指在相遇的瞬间,获得与心感应的机巧灵动。那一刻,执刀者必须静心沉浸,观者屏息讷言。一深一浅、一毫一厘、一转一还,都决定着生命的确立还是毁败。那一刻,执刀者就是创生世间万物的王者。

坐在我眼前的执刀者,1979年出生的厉国阳,是雕刻手艺的"非遗"传承人。他的师父可以构成一个队列,但他所用的"丝翎檀雕"技艺更多来自陈加国先生,一个执刀近半生、技艺娴熟到可以随时随地在木面上进行雕刻的大师。从2008年起直到今天,陈加国的作品分别将深圳文博会中国工艺美术文化创意特别奖、中国工艺美术大师精品博览会金奖、"苏艺杯"中国国际工艺美术精品博览会金奖、江苏省工艺美术精品大奖赛金奖、"淘宝城杯""艺博杯"工艺美术精品大奖赛金奖等一一收入囊中。不过，在他获奖的背后，不知积淀了多少悲喜交集的遭际。

据说，幼时的陈加国心中就有梦想，要画自己看到的东西，做自己喜欢的玩具。恰巧他家的附近就有一家工艺雕刻厂，这里的人在他的眼里都是些神奇之人，无须多久就能在一块木面上雕刻出一件件活灵活现的小动物、水果、神话人物……每当放学后，陈加国最快乐的事就是去看师傅们雕刻，两个小眼睛跟着迷似的盯着他们手上的刻刀，问着、记着、比画着，心想若是有一天自己能像师傅们那样雕刻出自己喜欢的东西那该多好呀！

初中毕业，因家庭贫困、缺衣少食，陈加国不得不放下书包，拿起雕刻刀。"我很兴奋，但又特别平静"，陈加国今天讲起来，仍然是满脸的笑容。也许这兴奋是他打开梦想之门的钥匙，平静使他与木雕结下不解之缘。师父们倾心相授，陈加国勤奋好学，不到三年他就成了工厂里最优秀的师傅之一。然而，苦恼也随之而来，因为他感到随着技艺越来越熟练，雕刻工艺品成了一项复制工作，这与他当初"化腐朽为神奇"的梦想逐渐远离。于是，一个大胆的设想从陈加国的心底冒出："必须走出去，寻找更大的世界！"

1993年，陈加国辞职离厂，只身来到改革开放的前沿特区——厦门市，进了一家港资木制品企业。这里有当时全国最优秀的一批木雕师傅，各种流派风格的木雕在这里集聚。陈加国如鱼得水，虚心向师傅们请教学习，细心领会每一种流派的特点，融合各派之长，探寻木雕的本质意境。

一转眼，在厦门工作了七年的陈加国审时度势，又做了一个出人意料的决定："回家去。"那一年，他才27岁，凭借着十年来的木雕实践，他总觉得木雕创作达不到自己想要的效果。那他"炯炯目光的尽头"又在何方呢？从与他交谈当中得知，不是技艺上不成熟，而是如大师画画写字一样要有好的笔墨纸砚，木雕更是如此。

极想探寻的他，为了寻找合适的雕刻材种，他多少次用足迹丈量国内各大木材集散地，但到头来都以无果收场。有这么一天，在和几位业内朋友聊天时，朋友们道出一个厂家有一张红木椅子要卖7万多元。说者无心，听者有意。"这么贵呀？"陈加国预感到"椅子"中一定有种深藏不露的"机关"。第二天，他来到生产天价椅子的工厂——南通永琦紫檀艺术珍品有限公司，找到了顾永琦先生。当他触摸到椅子木质的那一瞬间，他的整个神经末梢都像触了电似的，生出一种莫名的痛痒。"找到了，对，就是它，传说中已经绝迹的'紫檀木'。"

如获至宝的陈加国，感觉有一种久违的激情直抵心底。在顾永琦先生的力邀下，他来到永琦紫檀艺术珍品有限公司担任图案设计师，开始研究紫檀雕刻新技法的探索之旅。十年的构想积累，十年的技艺功力，终究会在某一刻如潮水般涌来。很快，作品《榴花双莺图》挂屏率先问世，立马在业内引起广泛的赞誉。它将工笔国画与木雕艺术相结合，以浅浮雕形式将翎毛画中动物毛发的精细、飘逸、灵动立体逼真地呈现在名贵檀木上的新技法，让国画的空间展现瞬间从二维变成三维，精湛的技艺更让观者在一雕一镂中生出移步换景的"惊艳"之感。正如陈加国所讲的那样："我首次提出将中国工笔国画和雕刻技艺相结合，以静穆沉古的紫檀材质作为创作载体，充分体现精致细腻的雕刻工艺，从而达到材美工精的创作效果的木雕技艺新理念。"

木雕这一古老的艺术，终归可得流传，被今天的陈加国用技艺新理念演绎得淋漓尽致、细腻动人。然而，他面对赞叹如潮却又陷入了沉思，他知道木雕技法的探寻空间广阔，这只是创新之路的开始，于是，他又一次辞去了厂家的高薪聘请，回到了他的养育之地——海安。

陈加国回到家乡后悄悄地搭建了属于自己的"领地"——工作室，专心于自己的研究与创作。他北上央美、清华等高等院校进修，广泛阅读绘画、书法、刺绣、音乐类书籍，充分汲取创作养分，将这民族文化的艺术瑰宝，一一复制到他的脑中。

其实，大自然慷慨，早为人的眼睛准备了缤纷的美物，让人看都看不过来。一次，他在公园里，好多人都围在一起逗一只会说话的画眉鸟，陈加国上前一看，画眉的眼睛和羽毛犹如一道灵光，刺激着他的眼与脑，让他茅塞顿开，原来真实的禽鸟翎毛之间的间隙只有几分之一毫米，如要表达羽毛的精细质感，就必须解决鸟的翎毛之间的间隔问题。

"这么小的间隙怎么解决？"灵感刺激了他，有了！从刀具入手呀！他从选择合适的材料开始，自己动手制作雕刻刀，并且每次都用磨好后的刻刀，在自己手指的敏感区域进行测试，亲自体验，好让自己能够感受到刀锋细微的锋利度……一次、两次、三次……即使手指被划破了，若不成功也还得重试。直到今天，陈加国也无法说清楚手指被划破多少次，刀具改进了多少回，但我们心里都清楚，这个数字无须他回答，他目光中的坚毅让我们找到答案。

"功夫不负有心人"，精确到毫米的刀具问世了。宽度从0.3mm—1.8mm不等，两刀口间夹角（度）在30度到60度间……极细、极小，犹如一根根绣花针似的，被人们誉为"绣春刀"。它的横空出世，为作品创作的匠心独具提供了保障。随后，他所创作出的一幅幅作品便纷纷进入博物馆，且被收藏，成为那个年代经久不衰的美谈。

说到这里，陈加国的声腔转承已起悦意，兴奋之情顺着他的话语一点点"滑"出，扬起、落下，最终浮游在周遭静谧的空气中。

2008年的一天，深圳宜雅红木家具公司的掌门人邵湘文出差来到南通，在参观市博物馆时，刚好被一幅名为《海青搏鹄图》的木雕挂屏给吸引住了，仿若瞬间让他进入了一个新时空。那成像极具立体感，尤其是禽鸟的羽毛，就像粘上去似的，完全是工笔国画的效果。

"这是木雕吗？"他不敢相信自己的眼睛。见多识广的邵湘文从未见过这种新颖技法，即使是2008年前后保利拍卖公司以2800万元拍卖的一个"紫檀方角大四件柜"，那上面有着浅浮雕效果的花鸟纹饰，也远不及眼前这件现代工艺作品上的雕刻这般栩栩如生。强大的视觉与艺术震撼，让邵湘文产生了立即找到创作者的冲动，但四处打听，半年过去了仍无音讯。

不过，在这个世界上，缘分总会来回兜转，成全彼此。半年后，邵湘文再次踏进南通，他一个一个木雕市场走过，一家一家木雕店铺问过，辗转多时，终于，在陈加国的老家，两人相遇了。虽然那时陈加国的工作室像个简陋的小作坊，但邵湘文没有因为环境的艰苦而影响对梦想的追求！他看过陈加国的作品后，感慨道："加国老弟，你已经成功地解决了'文化元素来源、雕刻工具和艺术呈现载体'三大难题，你的创新，又把我国的木雕技艺向前推进了一大步，使木雕艺术达到了前所未有的高度。"

听了邵湘文的一席话，年轻的陈加国笑了，笑容里却闪现出一丝丝腼腆，毕竟眼前的邵湘文是一位中国传统工艺大师、中国艺术红木家具的传承人。为了木雕工艺的传承与发展，陈加国再次走出家门，来到经济特区加盟深圳宜雅红木家具公司，担任执行董事、艺术总监。一个市场与艺术结合的新的木雕流派正在孕育而生，同时更为未来的木雕产业化发展埋下伏笔。

是年11月，陈加国带着江海平原的风与尘再次南上，踏进了深圳这片神奇的土地，一下子被充满梦想、充满激情的年轻之城所感染。为了让他专心出精品、创品牌，公司专门成立了"陈加国工作室"。无论是春夏秋冬，他几乎每天都窝在里边，仔细研究……多年走南闯北积淀下的雕刻技艺，只为等这样一个大的时机喷薄而出。不久，陈加国的佳作迭出。

2009年5月，作品《雪晴鹭憩》首次在深圳文博会上亮相，便惊了无数人，一举获得本届文博会金奖。

2010年4月，一场围绕陈加国独创木雕新技法的全国专家鉴评会在深圳举行。这是由深圳市政府协同中国工艺美术学会共同主办的鉴评会，来自全国的知名木雕艺术大师、艺术评论家、理论家们一致认为："陈加国运用其独创的铁笔丝翎技法，结合传统木雕工艺，将工笔国画创作再提高，并以浅浮雕立体形式呈现在名贵檀木上的创新雕刻技艺，达到了工写相融、收放有度、气韵生动、诗意盎然的高超技艺表达境界。"并将这一技艺正式命名为"丝翎檀雕"。中国工艺美术学会专家组成员朱玉成坦言，"丝翎檀雕"的雕刻表现手法他之前从未见过，一件好的工艺美术作品必须具备立意高、造型美、工艺精、材质好这四个条件，而"丝翎檀雕"都具备，堪称当下一个新流派。

从此，陈加国的心辽阔了。每一次新作品的问世，都能引起业内外名师、名家的关注和赞誉，他的作品不是获大奖，就是备受国内外众多藏家的青睐。特别是2011年5月14日，出现了一个人，一个他毕生感谢与珍惜的人。

这人就是中国木雕艺术泰斗，被工艺美术界称为"国之瑰宝"的陆光正先生。通过拜师仪式，陈加国正式成为他的第十二名入室弟子。从此，他十分注重内功的锤炼，不断探索"取神得形、以线立形、以形达意"的完美统一，在庄重中见风雅，在精巧中显完美，在静态中浮现如初。2012年8月，陈加国被中国轻工业联合会、中国工艺美术学会评为首届"中国木雕艺术大师"。

艺术是时代的产物。木雕作为社会生活的反映，"丝翎檀雕"作为新时期文化事业发展的创新典范，其规律生成和作用发挥皆为时代使然。因采写此文，我上网查资料，与传承人接触，看生产现场，我常常陷入深思。木雕这一远古的艺术，就是在长期的实践中，积累了自己丰富的内涵和雕刻技巧，建立了独特的艺术风格，因而备受世人瞩目。到了2017年11月，在中日建交45周年系列活动之际，中国艺术家展在日本举行。陈加国和他的"丝翎檀雕"作品应邀参展。他所展的几幅作品《寒雀图》《五牛图》等在日本业内引起了极大的关注。著名雕刻家若野忍连续两天观展，且道出三声"不可思议"：对作品的完美感到不可思议，对陈加国如此年轻感到不可思议，对中国这些年在木雕这门传统技艺上不断创新并取得的成就感到不可思议。它的历史地位、现实价值可见一斑。

如今落户海安多年的"江苏翎视界"红木艺术品有限公司，正以产业化的生产经营模式，走出一条民族木雕文化的复兴之路。而陈加国的"丝翎檀雕"也成了继浙江东阳木雕、黄杨木雕、潮州金漆木雕、福建龙眼木雕后的第五大木雕流派，正在海内外传播发扬。但是，陈加国面对新的成就却仍然是那样的淡定，他知道自己的初心在哪里，传承和发展"丝翎檀雕"技艺是他毕生的使命。

正如陈加国所思那样："我为生在这个伟大的时代而感到幸运，作为一个手艺人应该始终坚守自己民族文化的本色……艺术家没有吃过苦，没有感情和心灵的波动，是成长不起来的，真正的艺术家都是在苦难中成长的。"所以，他的每件作品都沉淀着他的人生观、艺术观，以及对生活的感悟。将职业融入生命，将传承化作动力，秉持着一颗"一生只专心做好一件事"的匠心，让木雕这部艺术巨著传承、传播，铺满广阔无垠的中华大地。

雕刻同样介入了厉国阳的人生。通过实操技能比赛，他的技艺得到广泛认可，在全国红木雕刻大赛中也屡屡获奖，成绩喜人。

坐在我面前的厉国阳，和其他"丝翎檀雕"的传承人一样，专注于刻刀与红木的咬合，在每一厘、每一毫的剔除中实现着建构，实现着创生。他告诉我们，雕刻每幅作品，刻刀必须从底部开始，一点一点地咬合游走，使整个木面渐渐形成凹凸。但我的心始终都悬提着，在刻刀起落的每一步"未知"中，既充满了担忧又充满了期待。而他，表情肃然坚定，仿佛确知万物成像将自檀木上浮现。

扎染旋风劲吹大江南北

就在去年，浙江省某市政协一行人慕名而来，希望考察学习一下海安市扎染这个省级非物质文化遗产项目是如何传承、保护与开发的，我有幸以陪客的身份自始至终参与其中。世上的一切"陌生"对我这个好奇之人来说都是一个不大不小的诱惑。有道是熟视则无睹，而陌生呢，则能生津、益智、悦心、长精神。

一

扎染，这一古老的民间艺术，在古代称为"绞缬""撮缬"或"撮晕缬"，民间也称"印花"。它是通过纱、线、绳等工具，对织物进行扎、缝、缚、缀、夹等多种形式组合后进行染色的独特手工技艺，且与"蜡缬""夹缬"并称为中国民间三大手工印染工艺。

据史书记载，扎染起源于秦汉，到了唐代，"绞缬"的纺织品甚为流行、更为普遍，产品被广泛用于妇女的衣着，受众千万，比如"青碧缬""平头小花草履"，白色圆点的"鱼子缬""玛瑙缬""紫缬襦""青碧缬衣裙"……后随"丝路畅通"，扎染产品及其制作技艺先后传入印度、印尼、日本等国。日本将这一扎染工艺视为国宝，至今，在日本的东大寺内，还保存着我国唐代的五彩"绞缬"。这支古老的印染奇葩，在历史的长河中虽然历经沧桑，甚至曾到了濒临绝迹的地步，但都因传承人耐得住清贫，坚守着初心，让它载着手工的温度穿越千年、温润人心。到了20世纪70年代中后期，"扎染之潮"再次掀起，迅速蔓延中华大地，显示出顽强的生命力和无限的魅力。

如今，扎染这一绵延不绝、生生不息的民间艺术瑰宝，被海安市唯一的省级"非遗"——"南通扎染技艺"传承人焦宝林用形式多样的工艺技巧表现得淋漓尽致。

焦宝林，今年八十岁。他高高的鼻梁上架了一副眼镜，舒眉慈目，面容清朗，一眼就能看出他是一位国家级的工艺美术大师，脸上总是闪耀着夺目的艺术光辉。

难怪呢！当我踏进"焦宝林扎染艺术馆"的那一瞬间，心里油然而生一种难以言表的敬佩。"一丛鲜花怒放"的《花光》，"激起层层浪花"的《逝水飞花》，"古代战事中布兵攻城"的《列阵围城》，"活泼甩尾"的《鱼嬉图》《比翼双飞》条屏挂轴，被誉为"东方神韵"的《晚礼服》，还有历朝历代古书描摹或虚构人物幻象的《车马出行图》《千手观音》《武松》等，经由他之手将人世间的一切美姿通过线与布帛的纠葛，色彩间的碰撞与交融，获得与心感应的机巧灵动，而渗透到这一技艺精湛的作品之中，从而获得参差活泼、自然又踏实的生命形态。

创作出具有"生命形态"的作品是焦宝林打小就有的梦想。20世纪50年代末，焦宝林如愿以偿地考入南京艺术学院攻读美术专业。他于1962年完成学业，毕业后回到了海安，成了海安当时不可多得的一名艺术人才。他来到县商业局（2017年在改制合并中并入商务局，下文同）后不久，一个偶然的机遇改变了他的人生，让他和扎染结上了缘。

1972年，中日经济贸易往来逐渐活跃起来。而日本的扎染本来就来源于中国，加上从古到今，一直未出现过断层，致使日本成了扎染艺术产品的销售大国。然而，随着日本经济的发展和扎染产业的壮大，劳动力短缺的问题却愈发严峻，毕竟扎染是一个劳动密集型的产业，需要大量的劳动力作为支撑，因此，劳动力短缺成了制约日本扎染行业发展的"瓶颈"。于是，那些扎染商人巧借中国对外开放之际，盯住了中国劳动力市场。

那为何日本商人偏偏又选择了海安？

20世纪60年代，海安成立了"线网中心社"。它的经营范围就是将线放给百姓"钩"成"网儿"，然后收回成品，再通过相关渠道将产品销售出去。后来，"线网中心社"从"放网儿"发展成钩制出口产品"钩针衣"的工艺美术公司，品种的更替、规模的扩张，也使其成了江苏境内工艺品外销产品的生产基地之一。这期间，当时的日本吉村纺绩株式会社通过事前的了解、关系的疏通，经上海市丝绸进出口公司牵线，打通了江苏工艺美术品进出口公司的关系，最终把"劳务计划"落实到了江左——南通辖管的"六县一市"，当然，海安也名列其中。

不过，日方是有条件的。洽谈的那天，日商的业务代表只带来了一块丝绸面料——仙鹤图案的"关东绞"扎染制品，讲着讲着，那人突然用手指指着那块扎染样品，和大家讲道："谁能在一个月内拿出样品，就和谁合作。"

话音刚落，大家的心里不由"咯噔"一声，半晌无言。此时，只有代表海安前来参会的李惠芬经理的心是热的，她静静地坐在那儿。须臾，她好像想到了什么，只见她莞尔一笑："也许他能完成这个任务。"

这个他就是焦宝林，因为她了解焦宝林，熟知焦宝林的能力，更欣赏他美术方面的才华。在李惠芬的力推之下，1979年10月，焦宝林已是商业局副局长，县委一纸调令把他从商业局调到了工业局所属的工艺美术公司，专门负责攻关"扎绸"这个项目。报到的那天，焦宝林从李惠芬手中接过那块日本"关东绞"的扎染样品！

从那时起，他便沉下心来，把所有精力和时间都用到攻克这一难题之中。开始几天，他反复端详着这块晕色丰富、变化自然、趣味无穷的扎染样品，他感到像看天书似的，毕竟他对"关东绞"见所未见、闻所未闻。

"开弓没有回头箭"，焦宝林从历史源流中追寻脉络、轨迹，通过研读大量文献资料，发现中国古代名画《捣练图》《韩熙载夜宴图》中唐代宫女穿戴的服饰上就有扎染花纹，原来日本是通过效仿，将中国的这种扎染技法应用到和服上，而"关东绞"仅仅是日本一个区域性的品种而已。

"那对多层洋纺面料又怎样'扎'呢？"焦宝林默默地问自己。其实，他心知肚明，怎样"扎"是攻破这个项目的关键，攻破了，订单就有了。面对这一步之遥，焦宝林像在"寻宝"似的，将自己置身于江海平原之中，不断和蛰伏在民间的艺人打交道，终于有一天，他从艺人的手中得来了海安200多年前的扎染遗存——腰裙，并且，那人留下一句话叫"用顶针顶扎"。

"用顶针顶"，然后再"扎"？焦宝林如同从睡梦中醒来一样，原来"关东绞"采用的是"顶针绞"的技法，他的脸上终于露出了一丝笑容。虽然那几个字看似简单，但于焦宝林而言，就是一扇宽宽的大门，走进去，就不再是人生的荒漠，而是命运的绿洲！

一个月后，"关东绞"扎染样品如同穿透江海寒风凛冽的冬天，击退大平原呼呼的冷风，从海安大地上"流淌"而出。在全省工贸联席会议上，样品一展出便惊艳了无数人，至此，海安一方将"定点生产"一举收入囊中，成为全省八家竞争企业中的获胜者。焦宝林今天讲起来，仍然是一脸意犹未尽的兴奋。

二

"获得定点生产"，这一消息立马热传，成了海安当时的新闻热点。这不光预示了扎染这一古老的技艺将在焦宝林的手上得到传承与发扬光大，更重要的是焦宝林与江海平原上的"拓荒者"们将共同开辟中国前所未有的扎染产业化之路，这于海安，乃至于全国而言，无疑是史无前例、开天辟地的大事。

在焦宝林的努力之下，新诞生的扎染厂从硬件到人员素质得到了"裂变式"的提升。工厂迅速发展成了上万人的规模企业，扎染生产的加工点普及全县，并如雨后春笋般在扬州、徐州，苏州，乃至安徽、江西、河南、山东、浙江等地兴起，所生产的日本扎染和服直销日本。从1980年到1983年，实现"三年三大步"的大跨越，产量、产值数倍齐翻。扎染产品成了我国对外出口的重要商品，扎染厂成了和江苏省九大工艺美术品牌之一。

到了1993年7月，焦宝林顺应对外开放的潮流，放开手脚进行了新的尝试，引进日资创办了中日合资海安锦华服饰有限公司，他出任总经理兼艺术总监。正如焦宝林所讲："只有细胞的不断裂变，才能维系生命的不断延续，裂变是工艺扎染不断发展壮大的源泉所在。"由此，他让这一门古老的技艺插上了融合创新的"翅膀"，又一次迈向上了产业化发展的新征程。

技艺上奋力创新是焦宝林的一个方略。为了丰富、发展扎染艺术的表现力，他数十次奔赴国外考察，向国际大师学习，从国外当代扎染艺术中汲取营养，将先进经验用于改进传统扎染技术。在材料领域，他发现，欧美有一种区别于棉布、丝绸的面料又牢固又色彩艳丽。为了找到这种"绦丝纺"，他花了几个月的时间四处寻找，终于在浙江的布料市场找到这种在当时十分罕见的面料；在工艺上，除了手工操作之外，引进现代化电脑、机械设备，相继演变出"小帽子""饼儿花""折缝"等扎法；在染色上，除使用浸染外，他还因地制宜使用泼染、吊染、浇染、拔染、手绘等新技法，让扎染图案更具色彩效果；在品种上，开发了"水溶线收缩衣""转移印花衫""龙绞衫""纸模衫"等新产品。

独特的扎染花色，在布帛面上浮现如初。或色彩浓艳、富丽堂皇，或素洁淡雅、质朴大方，或构图明快、淳美清新，再加上晕染效果，不规则的边缘，强烈的色彩对比，形成了别致的款式、典雅的风格，更显洒脱飘逸、轻松自然、活泼清新，给人留下巨大的艺术想象空间和心灵震撼；或苍山彩云，或塔荫蝶影，或神话传说、民族风情，或薄如烟雾、轻如蝉翅，若隐若现、如梦如幻，显得自然雅致而又新奇，富有趣味性。从根本上改造了传统扎染的内在结构与外观造型，产品一经投放市场就迅速火爆全国，又如狂飙突进而风靡全球。

一向沉稳、低调的焦宝林，并没有因一时的市场火爆而头脑发热、沾沾自喜。他深深懂得，要让扎染这一民间工艺真正步入艺术的殿堂，必须大胆，勇于对其技艺进行改革、创新。基于这样的思索，他在扎染艺术事业上又出重拳，实施"双轨并进"，即以扎染艺术创作带动扎染工艺创新，以扎染工艺生产推动扎染艺术创新。他越来越明白，以这样的方式将人间百态"任性"地组合在一件或一块布帛有限的空间内，虽然有时候根本就是无视生活的常识与逻辑，却纵容了一颗心奔腾的自由与自在，用扎染呈现与还原出的生活是多么生机勃勃，因而深受人们的追捧与喜爱。

这就是传承人的执着。几十年来，焦宝林凭借一股坚忍不拔的韧劲，从任务到使命，从兴趣到责任，从起步到发展，从探索到创新，使起源于两千多年前、几近失传的我国古老的民间扎染工艺，从手工作坊生产变革为现代集约化的生产经营，走出了一条民族扎染文化的复兴之路。也正如此，焦宝林的"南通扎染文化产业园"于2014年被江苏省文化厅（2018年整合并入江苏省文化和旅游厅）授予"非物质文化遗产生产性保护示范基地"称号。

三

焦宝林不仅是位企业家、艺术家，更是一名扎染技艺的传承者。他对扎染作品的追求当然是让大众百看不厌。说得更确切些，扎染就是追求美的"返璞归真"，特别是那独一无二的晕染效果使扎染作品所呈现的色彩异常丰富饱满而又变幻莫测，不同色块之间晕染衔接自然流畅而又丝毫没有人工造作的生硬痕迹。

要达成这样的境界，绝非一朝一夕之功，从焦宝林的扎染作品中便可看出端倪。

焦宝林有着扎实的素描和油画功底。在"南艺"学习期间，他就像一头饿牛闯进了菜园子，只要一有工夫，就一头扎进学院的图书馆，认真阅读与专业相关的书籍。尤其是当他看到《中国诗史》（由山东大学教授陆侃如、冯沅君夫妇编写）那套4册丛书时，他更是爱不释手。"买下它吧"，可是他一想，连吃饭都成问题，哪有那闲钱来买呢？于是，他决定动笔，用手摘录《中国诗史》。就这样，他花了近半年的晚上的自修时间，将这书的精髓一一复制到他的笔下。

刻苦终有回报。几年内焦宝林画了数千幅速写，毕业那年，在走廊里专门举办了"焦宝林速写展"，他可是全年级唯一获此殊荣者。

"那时真的太难了！"焦老今天提起那段艰苦而有收获的岁月，他的眼睛都湿润了。

"是啊！他太不容易了！"在场的人都为之动容。

其实仔细想来，焦宝林又是幸运的。因缘际会，他从绘画美术之路走上了更具挑战性的扎染艺术之路。兴许大家都知道绘画这门艺术，当代的画家仍停留在以宣纸为载体的阶段，靠笔的灵动，让水墨对宣纸进行渗透，从而形成了一幅幅艺术作品，相对容易掌握。而扎染就不同了，想要将绘画艺术通过扎结、染色等技法移植到布帛上，形成一幅扎染艺术作品，可不是一挥而就的事情。焦宝林却成功了。经过几十年的传承、发展与创新，他突破了平面作品构成的绘画性，用扎染技艺来表达人们的精神个性和审美追求，使扎染作品达到兼具实用性与欣赏性的境界，成为一种新兴的画种。

所以，他自从突破日本"关东绞"的"扎绸"样品难题后，全身都"挂满"了具有江海平原艺术特色的"扎"和"染"，在水土和风声交织的背景下，让更多的人从眼到脑、从脑到心，"沉甸甸"地"醉"过一回。

正如焦宝林所说的那样："真正的传承，不是时间和数量繁复延续和增加，更重要的是传承项目内在特质的提升和升华。没有传承，就没有创新；没有创新，也就失去了真正的传承意义。"

他是这样说的，更是这样做的。从20世纪80年代初起，焦宝林已被扎染艺术滋养成了江海平原中的"精灵"。1987年，在江苏省民间艺术大赛中，他创作的扎染长卷人物画《唐人游骑图》一经亮相，便获得"紫金杯"大奖，且原件被博物馆收藏；1988年，他创作的另一幅扎染长卷人物画《八仙图》，在中国第七届工艺美术品百花奖大赛中又获创作设计二等奖，在次年的首届中国风俗画大奖赛中大放异彩，荣获特别奖，佳作原件被西安民俗博物馆珍藏……很难想象这些大作竟出自接触扎染艺术才有10个年头的焦宝林之手。土黄的底色，游春的骑手；红褐色的背景，八仙的传说。那是属于一个从乡野走出来的男人的内心的辽阔，仿佛他天生为扎染艺术而生。

多年积淀的南通扎染，终于喷薄而出。晚礼服《秋韵》获江苏省"艺博杯"金奖，立屏《红楼梦人物图》获中国第八届工艺美术品百花奖创作设计奖，《太阳·大海和渔女》获日本名古屋首届国际扎染大会特别奖，屏风《扎染百华图》获第五届中国民间工艺品博览会金奖……南通扎染作品在国内外扎染艺术作品大赛中和博览会上屡屡获奖，其中获省级以上大奖达四十多次，南通扎染成了一颗耀眼的星星。

更没有想到的是，到了2015年，在他74岁的时候，他创作的巨幅屏风《水浒一百零八人物图》，摘得中国民间艺术最高桂冠——山花奖！

一个奖项、一幅作品、一桩心事，活脱脱呈现在眼前。原来，这幅作品之中蕴含着焦宝林几十年的艺术思索与追求。十来岁时，他曾经得到一本《水浒传》，里面的人物一直印在他的脑海中。自从他进入扎染行业后，想利用扎染技法去塑造水浒人物的念头越来越强烈。从20世纪90年代起到2010年，他先后六次深入山东水泊梁山，翻山越岭、实地考察、查阅文献资料、揣摩水浒人物形象。通过博采古今中外之长，大胆创新，从构图入手，注重色彩运用和工艺技法，将具体变为抽象，将书中英雄变为个性人物，充分发挥扎染特有的色彩明暗对比和丰富的肌理及晕化效果，让画面达到既有清晰度又有朦胧感的效果。在三年的时间里，他只要一有空就一头扎进工作室。到了深夜，他累了，便就地躺下睡会儿。终于，在2011年，一幅以屏风为载体的扎染作品《水浒一百零八人物图》问世了。当年10月，该作品一经登场，就获得第十二届中国工艺美术大师作品暨国际艺术精品博览会金奖。也因此，次年，经国务院批准，焦宝林获得了扎染行业的最高荣誉称号——中国工艺美术大师。

不仅如此，他的画册《焦宝林扎染艺术》也由上海人民出版社出版。一块座屏、一组屏风、一件壁挂、一套礼服，或像书画一样装裱的长卷、立轴等画幅，经过画稿、制版、印刷、扎织、染色、拆线、整烫等技法，使得一块薄布或帛的纹样如同被雕刻的浮雕一样，具有直观、醒目、自然写意又细致入微的视觉效果和迷人的触觉感受。可谓"不用笔墨，一根线绳也能勾勒出一片风景"！

四

正是由于焦宝林对艺术的追求深邃、不凡，才让这传统的古老扎染艺术以返璞归真的典雅、多彩多姿的风格、地域造型的神韵为基础，发展变化，最终成就了一幅幅绝美画卷。

而今，他的子女和他一样，因喜欢而成了"焦氏扎染"的传承人。女儿焦会茸从南京转业回到海安，成为"南通扎染文化产业园"的掌门人。多年来，她对扎染工艺有自己的理解，坚持在继承中发展，在发展中创新，做了新的加工、整理与补充，成就斐然。2015年，世博会在意大利米兰举办，海安扎染惊艳亮相于中国馆，以独特的艺术魅力，赢得多国友人的赞赏；2016年，她创作的扎染作品《荷花》被江苏省文化厅收藏……儿子焦剑峰亦是如此，他从北京国税总局辞职后回到了家乡，现任公司老总，沿着父亲的脚印前行，让这灿烂的民间艺术越"扎"越亮堂，越"染"越光明。

"走进校园、走进课堂、走进社区"是焦老面对面口口相授、手手相传的传承方式。尤其是这十几年来，他将扎染这一传统的民间艺术带进了中央美院、南京艺术学院、南京特殊教育师范学院、南通大学、河南大学、自贡理工大学等大学课堂，让新生力量接过接力棒，使扎染在传承中前进。据不完全统计，有上万人接受过他扎染艺术的教学，有数十人的扎染作品在各级工艺美术展览和大赛中获奖。不难看出，焦老撒下的民间艺术的种子已经在下一代中生根发芽、开花结果。

直到今日，当我的脑海中浮现这朵中国工艺美术百花园的奇葩——扎染，我好像又见到扎染艺术这股刮了上千年的旋风正伴随着新时代的步伐，劲吹大江南北……

世间百态跃然纸上

一

去年五月的一天，我的一位文友约我去趟海安市墩头初级中学，说是有个妙"剪"生花的作品展览很值得一看。于是，我欣然答应了。

第二天，早饭后，我狠狠心，推掉所有事，驱车直奔海安的西北方向。窗外，浅绿、深绿、墨绿间杂的苏中田野在阳光下显得韵味十足。那时我还不知，在疾驰中难以洞察的世间万物的形态，将经由一把剪刀、一张薄纸显现。

我们刚刚下车，一位老人便迎面而来。他说，他正在布展最后两幅作品，听到我们来了，于是就下了楼。看得出，他是在忙碌中刚刚起身，衣服上还落着浅浅的尘屑，鞋子上粘着几块小纸片。

搞艺术的人可以是这样的装扮。经介绍，此人叫顾如铭，今年七十三岁，是南通市级剪纸"非遗"传承人。不过，有一点让我大吃一惊，他祖上有十一代人，近300年间均从事剪纸、纸扎等工艺品的创作。不难看出，这剪纸艺术的吸引力非同一般！

走进展厅，我眼前一亮，幅幅作品细腻入微、疏密合理、造型美观、风格独特，无不栩栩如生；再靠近一瞧，那剪纸画或粗犷豪放，或细腻生动，或传统与现代并存，达到粗中见细、细腻精美的艺术境界。依我看，他的剪纸技艺绝不仅仅是一个市可以承载得下的，因为他的作品既有南方剪艺的秀丽纤细、玲珑剔透之美，又兼北方剪艺的纯朴浑厚、简练遒劲之味，两者的完美融合，使顾氏家族的剪纸风格别具一格。

我沿着展厅，仔细品鉴着。这一幅幅作品，都是用一把微张的剪刀，在一张薄纸上小心翼翼地挺进，咬合游走间，一再地剔除、剔除……最终，生活中的各种喜怒哀乐便在纸面浮凸而出。桃花在青翠欲滴的绿叶映衬下，显得鲜艳娇美；荷花含苞欲放，看起来饱胀得快要破裂似的；一片叶子蜷曲自身，与舒张的花朵呼应；各种鲜明的气味，引得贪心的蜂蝶在花蕊间流连，粉翅、触须微颤；咧嘴石榴坦露出腹中的隐秘，满树晃动的猴影；长喙鹭鸶叼着欲逃奔而去的虾，爪间还"牵引"着活泼甩尾的鱼；那些曲致的花草仿佛还带着被风吹拂的姿态；展翅飞翔的雄鹰，兔子支棱着耳朵匍匐在地，狮子追逐的绣球滚出缭乱的轨迹，翔舞云端的龙和凤降落在花荫碎枝间，小小的仙人手执弯刀采摘花果……亦虚亦实的万物，还有历朝历代的人物形象，经由如喙的剪刀，获得参差、活泼又踏实的生命形态。

他们、她们、它们，任性地组合在一张薄纸有限的空间内，皆"以象寓意"和"以意构象"来造型，但有时候也无视生活的常识与逻辑，却纵容了创作者自由自在地表达自己的愿望。

其实，民间剪纸技艺也是一次探险之旅。剪刀与手指在相遇的瞬间，除了要获得与心相感应的机巧灵动外，执剪人的那一递一收、一紧一缓、一转一还，都决定着生命是确立还是毁败。

剪纸技艺就是这么任性，它玩的是执剪人的耐心与细心，看其是否达到"千剪不断，万剪不连"的境界。因此，作为一个从事"非遗"项目保护的写作者，当看到剪纸——这朵中国民间传统美术百花园的奇葩在我生命中涌现的时候，我似乎又听到中国千年文明的召唤，又见到不同时空下那一段段静静"流淌"的故事。

二

剪纸，这一古老的民间艺术，在中国有着广泛的群众基础，绵延不绝。据考证，在北朝时期（386—581年）就有剪纸了。作为镂空艺术的剪纸作品，在造型上运用夸张、变形的艺术手法，将不同空间、时间的物象进行有效组合与疏密搭配，营造出复杂丰富、有趣的空间体验和光影效果，让作品丰富细腻、耐人寻味。进而，也就形成了它特有的"剪味纸感"和艺术魅力，给人精巧、空灵、幽静的视觉美感。所以，剪纸，这个古老的民间艺术，经历了风雨洗礼，在时代高速运转的今天，依旧为海安城乡群众所喜爱，在民间扎根，生生不息。

而今，传承千年的这一民间瑰宝，被顾如铭面对面演绎得细腻动人，极具动人心魄的力量。写到这儿，有一人不得不提。

她，宋金英，顾如铭称她为"大妈"（也称伯母），她是海安、泰州、东台、兴化一带有名的剪纸高手，享有"一刀剪"技艺之誉。在农村，与日常时序紧密缠绕的乡俗礼仪、人间避不开的生死大事，都需要剪纸的装点、助兴与表达。四野八乡来求取剪纸花样的人络绎不绝。窗花、门前花、喜字花、灯彩花、帽子花、围裙花、同鞋花、手绢花、台布花、床单花……祈福、祝寿、贺喜，喜的、悲的、不喜不悲的，都可呼应……喜鹊登梅、福寿无双、鲤跳龙门、麒麟送宝、仙人采桂、蝶戏金瓜、并蒂同心……很难想象这些出自一位从未上过学、从未学过画的农村妇女之手。朴拙、天真，又机趣。大枝大叶、大花大果，招展的羽翼、翔飞的意念，那是属于一个从乡野走出来的女人内心的辽阔。

在那个年代，即便乡间缺衣少食，生活非常艰苦，宋金英也是最惬意的。因为她用一把剪子，剪出万种风情，剪出人生百态，剪出悲苦，剪出相思，剪出想要的日子；因为她用手中的剪纸作品，打破了沉寂在土与水中的枯燥与单调，抹去苏中平原固守的原色……再沉重的生活也按压不住她渴望美的念想，就是顶着山石也要绽出新芽来，这可能就是艺术的魅力所在吧。

这样的人注定要成为顾家剪纸"非遗"传承人。顾如铭七岁的时候，对剪纸产生了浓厚的兴趣，并逐渐痴迷，宋金英成了他学习剪纸的启蒙老师。

顾如铭依稀记得，那天，他刚好走到"大妈"身旁，猛然间，他觉得这剪纸太神奇了，一张白纸在她灵巧的手上折来翻去、剪来剪去，几分钟，一幅精美的艺术作品便诞生了——美丽的鞋花，或好看的窗花，或童帽上的虎头，或尾羽舒展的喜鹊，或累瓣盛放的梅花，活灵活现、生动传神，有着十足的传统文化韵味。

"实在好看！我的'大妈'，就是靠着那双手，活得精彩、活得踏实、活得自信。"顾如铭今天描述起来，仍然是一脸意犹未尽的兴奋。从此，只要宋金英坐下来，开始执剪，他那双小眼睛就跟着剪纸的轨迹走。尤其是当一幅作品完稿时，他也和"大妈"一样，喜在眉梢、笑在眼里，和着从心底飞腾而起的那种幸福感，似乎让他们完全脱离了现实的种种，而全身心投入到极致的愉悦之中。在那一刻，"大妈"在他的心里就是王者，就是创生万物、展示世间百态的大王。有一天，宋金英终于发声了："好看吗？想学吗？"

顾如铭有些腼腆，便答道："好看，想学呀。"

他回答的不是一句话，而是一个跃动温馨而又意义深远的画面。画中，一个侄儿，一个长辈，一小一老，两代剪纸"非遗"传承人。画面感强烈得刺眼，也正如此，让宋金英看到了希望——后继有人了！就这样，一个少年，只要一有空就求"大妈"教他剪窗花、剪双喜、剪蝴蝶。有时"大妈"外出赶集了，他就偷偷拿着她剪好的花样图，做样子，照着剪，周而复始，顾如铭在"大妈"的熏陶下，耳濡目染，得到了真传。

三

顾如铭最初的剪纸作品是一幅名为《蝴蝶》的窗花。它的寓意是飞翔，仿佛预示着在这乡间要育出一位美术大师。

他的第一幅《蝴蝶》，自白纸中浮生而出，那是他首次可以放开手脚独立支配的纸。剪好后，他小心翼翼地将它贴到窗户上，刚好一缕阳光从窗花的镂空中射了进来，与亮底浑然一体，美丽极了。没想到，这幅《蝴蝶》得到了"大妈"毫不吝啬的赞美。那一段时间，顾如铭内心的渴望像春天雨后的新笋，见风即可生长。他将作业本的黄色封底撕下来，依照着家中木床上的油漆花样，剪出各种图样。稚拙是难免的，却也有生动的青涩气息。

香烟盒上的衬纸、炫目的金色，是他发现的珍宝。它们在剪刀下蜕变成金色的梅花、喜字、雀鸟。其实，那时顾如铭并不知道，最初的剪纸就是在金箔上寄身，还有皮革、丝帛，以及陶罐、青铜，不同材质托载着剪纸的表情达意、向美意趣，直到造纸术在东汉时期蔡伦手中得以改进，剪纸才找到了更稳定、大众化的载体。剪物造型先于纸存在，那是涌动在远古人们内心的激流岩浆，寻找着倾诉的出口。因其汹涌，借物赋形。

门上的金色剪纸，惊动了一双双路过的眼睛。有人登门来求花样了。结婚的人家，来请他剪鞋花；过年时，有人请他剪窗花、门帘花。他的花样清新、灵动，不落俗套，深得乡人喜欢，一下子使原本在观念上保守的乡村也有了味道和生机，对美的趋附也是向新、向异，那是推动民间艺术不断前行开掘的力量。

人的命运有时就是这样，无心插柳柳成荫。正当顾如铭对剪纸着迷时，他于1974年如愿地进入如皋师范学习。那时的师范生经常要到"如师附小"观摩课堂教学活动，在一节美术课上，顾如铭被黄老师的剪纸才艺所吸引，一下课，便黏上了她。很庆幸，他与黄老师成了师徒。

从此，他更加努力，信心百倍，全身都挂满了苏中平原的风与尘。他利用每年的寒暑假，深入民间，寻找艺术的本源及它的来龙去脉，用笔一一复制到本子上。到了晚间，他不停地画呀、剪呀，累了，便就地躺下睡会儿。

两年后，顾如铭从师范学校毕业，成了墩头中心小学的一名老师。在教学之余，他除了继续钻研书画艺术和剪纸技艺之外，还积极探索教学新模式，将剪纸融合到美术教学之中，并在课堂活动中教授剪纸。到了1990年，一纸调令，他去了墩头中学，剪纸也成了该校的特色教学，特别是他所编写的剪纸校本教材，反响强烈，受到上级领导的高度重视，且荣获南通市教研课一等奖。几十年来，据不完全统计，单就"墩中"的毕业生，就有五六千人接受过他剪纸艺术的教学，有数十名学生的剪纸作品在各级美术展览和大赛中获奖。不难看出，顾如铭撒下的民间艺术的种子已经在下一代中生根发芽、开花结果。

极想探寻的顾如铭，并不满足于现状。他明白，剪纸技艺植根乡野、大自然，虽有约定俗成，却无法定样貌，这便留出了自主创造的广阔空间。渐渐地，他习惯了从自然中撷取样貌，习惯了剪刀随心走，在规范之中自由游弋，比如"S"造型也可以衍生出不同的花叶组合，同一命名下的"喜鹊登梅"也可以开枝发叶，每一次都有不一样的旁逸斜出或出其不意的细部刻画。

这何尝不是对大自然的模仿，世间哪有一模一样的叶子、一模一样的花朵？微妙处的差异，差异中的丰富，正是形成自然纷繁驳杂面貌的规则所在。大规则之中，蕴含的是大自由。

到了1999年，顾如铭创作的剪纸作品《国庆》，一经展出便惊了无数人，将文化部民间工艺特别金奖收入囊中，并入编《全国美术书法民间工艺大展选集》一书；江苏省首届农民艺术节上，顾如铭创作的10幅剪纸作品全部入选并展出；另有200多幅作品在国家级报刊上发表，近40幅作品在国家级展览、大赛中获金、银奖，多幅作品入选《当代书画艺术家精品大典》等画册。此外，他的作品还在日本、泰国、新加坡、中国香港等地展示，获专家、同行们的一致好评。

在一刀一剪的默默刻画中，顾如铭创造了一个多姿多彩的艺术世界。顾如铭的剪纸作品中，有古代的名画，构思精巧，具有独特的表现力，如《清明上河图》《韩熙载夜宴图》；有孔子、柏拉图等中外教育家；有王羲之、齐白石等历代书画家；有女娲、黛玉等传说和小说中的人物；有动物世界、百花图，还有与时俱进反映当代生活画卷的作品。

谁也没料到，到了2006年，顾如铭58岁的时候，《剪谱》一书由江苏美术出版社出版了。全书共收录1080幅经典作品，由"民间剪纸艺术、民间剪纸艺术常用技法、名人名画、传统人物、动物世界、写实花卉、装饰图案、节气节日、吉祥图案、乡土人情"十个栏目组成。这些艺术品虽说只是顾如铭创作作品中的一部分，但它们的展出足以让人赞叹。

四

2021年，我们受邀来到了顾如铭的剪纸工作室。这是一间由教室改建而成的工作室，是顾如铭剪纸事业声名鹊起之地。室内宽敞、温暖，墙上挂满了顾如铭和他的弟子们创作的各种人物、景色、花鸟等精美的剪纸作品。正如顾如铭所讲的那样："剪纸这项民间艺术能走到今天，这是我做梦都不敢想的事儿，这全得益于党和政府对'非遗'文化的重视和对民间艺术的推崇！"

是啊！墩头镇是千年文明古镇，它位于海安市西北部里下河区域，具有河道纵横交错、池塘星罗棋布、水域条件优越、自然资源丰富等特征。而且有着极其发达的"稻作文化"的滋润，便浸淫出灿烂的水乡文化——"舞龙泛舟""剪纸书画""凤凰道琴"等民间技艺，称得上是人文富丽、人才济济。但在众多的艺人当中，能获得一间属于自己的工作室的人，别说在墩头镇，就是在市里也是寥寥无几。顾如铭却有了，可想而知，他有多厉害，那可是政府专门为名人、名家、大师设置的平台呀！

其实，远不止这些。倔强的水乡人一直怀着对艺术的留恋与尊重，暗中蓄积力量，时时在推进。就在前不久，镇政府为了保护和传承剪纸这一民间艺术瑰宝，又着手筹建"剪园"，重点打造集"剪纸、绘画、书法"为一体的技能培训基地，好让这朵民间艺术之花开得更久、更美！

如今，顾如铭更"火"了，成了海安市剪纸传统派的"掌门人"。他犹如一只蝴蝶，又起飞了，目光在野地的草丛间流连。大自然倒慷慨，早为他的眼睛准备了缤纷的美物。要不了多久，一幅幅构图饱满、色彩强烈、别具匠心，表现生活情趣与朴素奔放的工艺品将自纸上浮现——纸剪世间百态，绽放艺术魅力！

点浆记

秋分刚过，我从县城出发，开着一辆"宝来"小汽车，迎着九月的风，穿过无边的大平原，在秋的长廊里，追逐着在传承路上行走的那个人。

一

"目的地到了，导航结束……"按照主人事先发给我的定位，左绕右拐，一路奔跑，约一个小时到达了目的地——一幢农民住宅。我从车里出来，站在那儿，左顾右盼，觉得不对劲。怎么会这么安静？按理说不会呀。我心里直打鼓，心想是不是走错了，犹豫再三，移步向前，还是问了问当地的百姓。

大方向没错。原来要去的地方，还得向东再走一两百米。说得准确一点，前方第三家就是。导航毕竟是电子产品，哪像人呀。过了一会儿，我的眼前豁然开朗，一座别具一格的两面敞开式的"工"字庭院映入眼帘。错落有致的建筑、钢条铁皮搭成的"人"字梁、一砖一瓦的农宅、南边挺拔的大树等交相辉映、相互衬托，就好似一幅泼墨山水画，镌刻在苏中人地上。面对这样的情景，我一时不知如何应对，只能闭上眼睛适应片刻。喜悦、激动之情油然而生，我似乎闻到了空气里有一股从院中散发出来的味道。再睁开眼睛时，就看得更清楚了。

此处可谓是风水宝地，依河而居。虽然称不上是三面环水，但二面傍水足矣。

我驻足仰望，透过大树之间的缝隙，天空蔚蓝高远，还能看到蓝天被分割成的条缕状和飘过的朵朵白云。发黄的阳光有些猛烈，投射在水面上，只要微风一吹，便是波光粼粼、银光闪烁，就像相机似的，"咔嚓、咔嚓"，用闪动的明亮"眼波"，将这原野的秋色一一收入囊中。

我带着一个轻便背包，走进"人"字梁下，一个足有一千一百八十平方米的豆制品加工企业就窝在一排农宅的后面，正被蒸腾的豆浆香笼罩着。如果不留心，还真难以发现。

恰巧就在此刻，有说话声传来，我转身去寻找时，见那个叫刘忠林的男人正迈着小步从农宅的中间过道（加工厂的正门）走出。他朝我笑了笑，便立马走上前和我拥抱。虽然我俩谈不上是发小，但都毕业于同一所中学，他高我两届，在我上高二的那年，他走进了公社广播站，成了一名动笔杆子的通讯员。一次偶然的机会，我们认识了，并成了好朋友，一直相处至今。眼前的他还不到七十岁，却是满头白发，脸颊有点消瘦，额头上也"叠"起了几道抬头纹。给我的感觉是，他有些乏力，特别疲倦，像没睡似的。

我没有惊讶，也许传承人就是这样的面孔。刘忠林告诉我，就在我来之前，他才将那九千多斤成品——豆腐、油炸干等安排出库，送往各销售点和相关单位、学校。他的话语让我明白，原来生产这些豆制品是需要二十四小时连轴转的。操作工可以按班次休息，而生产设备不可歇，并且当天出的产品，必须当天销售完毕。当然，这九千多斤成品能否销售一空，只有他心知肚明。

是啊！实在不易。刘忠林描述起来，顿使憔悴又深沉的脸色变得红润、阳光。尤其是说到"九千多斤成品能在当天销售一空"时，他的手脚像在同时使劲，犹如打着节拍，和着从心底飞升而起的喜悦。

喜悦来自内心，是有感而发。于他而言，那一次又一次在出售豆制品的路上，行进途中卡车或三轮电动车的鸣叫声分明就是专门为传承人伴奏的器乐欢鸣，也是为他喝彩的悠扬曲目。顺着他的表情与言语，我们回到了20世纪70年代中期。

1974年，刘忠林高中毕业。他是从农村出来的孩子，自然要回农村去。就在高中毕业的第三年，他结束了面朝黄土背朝天的日子，经层层推荐、选拔，成了公社邮电广播站的一名工作人员，他的工作岗位就是通讯报道员，用现在的话讲，就是记者。从此，他的人生就像雨后的一道彩虹，变得光彩夺目。

跳出农门的刘忠林，成了真正意义上的事业人员。在那个物资极度匮乏的年代，这份工作不仅稳定、有工资，还能摆脱没日没夜在田园上的劳作之苦，确实是一份令人向往的职业。

但到了1990年，正当他的工作和事业不断拔高的时候，他却做出了一个连自己都不敢相信的天大的决定——"辞职下海，自己单干"，招来的却是同事们的反对、村民的嘲笑，在当时，几乎没人理解。他清楚地记得，在上报辞呈书的那天，领导苦口婆心足足做了他两个小时的思想工作，说一千道一万，他就是铁青着脸，一根筋似的，什么意见、建议，甚至带有"批评"色彩的那些话，统统听不进去，眼睛里喷出的全是"下海单干"的那种渴望、那种希冀，简直不可理喻。

更令人不解的是，这个决定他竟连自己的父母亲都没有告诉一声。当然，客观地讲，即便是告知了，或事先商量了，结论是什么，他心里早有答案，还不如来个先斩后奏。但"纸总是包不住火的"，此举遭到父母亲的极力反对，他的父亲甚至提出要断绝父子关系，让他离家出走，走得越远越好。一个原本和谐幸福的家庭，因为此事，被搞得鸡飞狗跳。幸好他的妻子是个明理人，在关键时刻主动出面劝说，给二老赔不是，此事才慢慢平息下来……讲到这儿，刘忠林是一脸的深情，心里泛起一阵说不出的难受，但还是勉强笑了笑："要感谢前妻给予我的支持、理解，她与我风雨同舟、同甘共苦，是她助我成就人生。"

下海后不久，他就赚到了第一桶金。创办的养鸡场，在他的管理之下，发展可谓是一路高歌猛进，养殖规模不断扩大，高峰期竟达十万羽，到手的钱也能达到六十万元，他因此被称为"养鸡能手"。

可好景不长，一个报道却让他转了行。有句俗语叫"处处留心皆学问"，在刘忠林眼里可以演化为"处处留心皆生意"。平时喜欢看书读报的他，无意中看到了一则报道，说的是"未来十年，最成功、最有市场潜力的并非汽车、电视机或电子产品，而是中国的豆腐"。他心头一热，是啊！中国的豆腐，不分男女老少，人人皆可享用，而且还能强身健体、延年益寿。尤其是它的制作工艺，流传至今有两千多年历史了，它的生存空间可见一斑。

到了21世纪初，具有一双捕捉机会的慧眼的刘忠林，凭着对市场敏锐的嗅觉，抓住了机遇女神的双手，由此风生水起……

如今，在苏中大地上，刘忠林所创立的海安李堡本坊豆制品加工厂所生产出来百叶（亦称干浆皮子、百页、豆腐皮、千张等）、豆腐、茶干等，几乎无人不知、无人不晓，而且它也成了京沪宁线走亲访友常见的"伴手礼"和"见面礼"。可谓名声远扬！

二

刚撂下饭碗，我和抓生产的主任仲跻林就来到车间。刚过一道门，我的耳边就有了轻得似从天边飘来的"哗哗"的流水声，出于好奇，我本能地朝声源方向望去，只见那一粒粒、一颗颗色泽金黄、大小如一、挺着大肚子的豆儿正"平躺"在清澈的水中，边"戏着水"，边从滑梯的顶部由上而下。进而，它们随着设备的自动传输，进入磨浆机进行碾磨，要不了几秒钟，滑爽的豆浆便沿机而出，汇集到豆浆的总管中，散发着浓郁的醇香气。

醍醐何必羡瑶京，只此清风齿颊生。

最是隔宵沉醉醒，磁瓯一吸更怡情。

是豆浆。不出地，我仰起头，嗅了嗅，那味道貌似和市场上买回的豆腐味不太一样，清香在前，腥味在后，慢慢"爬"上了鼻腔和脑门。

"您怎么了呀？"仲主任见我这般情态，便问道。

"这豆浆味中，好像夹杂着一种黄豆的腥味。"我直言不讳。

"是有的。因为此时从磨浆机中流出来的浆未经煮熟，是生浆，所以有股腥味。"

其实，我恼火死了，如果地上有一个洞，我会立刻钻进去，真是丢人现眼，这么无知的问题也能从我的口中说出。是啊！煮一煮，熟了，腥味不就没了？连最基本的生活常识我都不明白。

仲主任仍然走在前，拐过弯后，我看了旁边的工人一眼，他也抬头对我笑了一下，还没等他开口，一股油香便扑面而来。浓郁的香气，顿时如同在空气里激起一层又一层的涟漪。

这是油干车间。一个短发男人上身穿浅蓝色短袖T恤，下身穿浅灰长裤，脚穿白色套鞋，且在T恤外穿着印有"海安李堡本坊豆制品"字样的套裙，此时他正在一个巨大的油缸旁，边调着火候，边看着油温的变化。

油温是否刚刚好，是油炸豆腐干工艺中的关键。五十九岁的李朋贵，无论是什么季节，身在何处，每天上班都得比别人早到半个小时。他到后，首要的任务是先打开龙头，将生油放到缸内，等油量到达刻度线，他才打开"生火"的按钮，给油加温。随着温度的不断升高，油的颜色会由最初的浅黄色逐渐变为中褐色，并且缸内也如同有一个个调皮的捣蛋鬼正由下向上、由小到大吹着气泡，使油表面变得"支离破碎"，一缕缕袅袅升起的青烟更是变得越来越多。到了这个份上，还要持续多久才算刚刚好，他用经验告诉我，必须是三分钟，关键就在此，那时的油温恰好是70摄氏度上下，误差2摄氏度。在这种油温下炸出的豆腐干才能达到外酥里嫩的效果，香酥适口、油而不腻、口感最佳。

我呆呆地站在他的身边，望了望油缸的四周，没有测温仪，没有事先设定的自控按钮，更没有我们平时用的那种测温棒呀！他凭什么能如此老道，通过观察冒出的泡泡和青烟就能断定油温刚刚好呢？

他好像看出了我的心思，看出我想要问什么。于是，他压低声音说了句："这点小秘诀，都是刘老板传给我的。"

"哦、哦。"我答应着，仔细打量他。今天的天气不冷不热，但汗水还是从他耳后的发间"唰"地往下淌，尤其是他那双被油烟熏得红红的眼睛，看人时像近视眼似的，眯成一条缝。他不再讲话了，也不笑，而是走到油缸的一旁。

在另外一旁，有一人站着，她看似五十多岁，一手拿着一个"枪"，正交叉使用着。据仲主任介绍，她就是这个车间的豆腐点卤人，叫李凤，是本乡人，自刘家豆腐坊创办后不久就来到这儿。从此，她跟着刘家，见证了豆腐坊从条件简陋的作坊式"夫妻店"，到去旧翻新后五百平方米的厂房和新上一条生产线，再到现在拥有一千一百多平方米的厂房和六条流水生产线的一个裂变过程。李凤算得上是老人了。

我点点头，主任竟能把"海安李堡本坊豆制品加工厂"的厂史讲得一清二楚。

那何为卤水点浆？准确地讲，是指在豆腐的制作过程中，借助卤水使豆中的蛋白质团粒聚集、凝固在一起形成豆腐脑，再挤出水分，才能生成豆腐。而卤水则是起化学反应的一种物质。

到目前为止，人类点浆用的卤水主要有三种：一是石膏，学名硫酸钙。用它点出来的豆腐口感嫩滑，水分较多，颜色洁白，在南方常用。二是一种盐，学名氯化镁。用它点出来的豆腐质地坚硬，韧性也强，可做成老豆腐，在北方常用。三是葡萄糖酸内酯。用它点出的豆腐最为滑嫩，就是当下市场上经常看到那种成品的盒装豆腐，但它更适合制作豆腐脑、嫩豆花，或者豆腐甜品。

这正好验证了民间的一句谚语，叫作"卤水点豆腐，一物降一物"，讲的是想要做成豆腐，光有豆浆还不行，更要有卤水的配合。

到了明初，苏中地区的百姓开始追随安徽传承人的脚步，让中国最古老的点浆技艺在民间扎根，生生不息。同样，在时代车轮高速运转的今天，这个有着两千多年历史的技艺，经历了风雨洗礼，依旧被当代传承人刘忠林演绎得淋漓尽致。

刘忠林是"李堡本坊·香"品牌的创始人。世代农耕的刘家，祖上没有人开过豆腐坊，更没有人传承过做豆腐的关键技艺。但善于钻研和探寻的他，在多方奔走后，不仅将那一代代"手手相传"的关键技术——卤水配方做了传承、借鉴与发展，还对影响口味的原料、水质、制浆工具等做了深度分析与研究。在品牌创立初期，凭借出色的"刘家卤水"秘方，结合传统的卤水点浆手艺，刘忠林在左邻右舍、乡村之间赚足了口碑。

我终于知道了，为什么仲主任要向我介绍这些。作为海安地区的一种文化元素，豆腐就像一扇窗，透过它可以看见古往今来人们对生活的颂歌、对美食的向往。那一块又一块豆腐、一张又一张百叶已不是简单的舌尖上的食品，而是汇聚了千千万万百姓对生活点滴的"素描"。

三

下午三点，我来到了百叶生产车间。透过弥漫的蒸汽，只见二楼一个人影如同皮影戏的主角，正在巨大的豆浆缸旁威风凛凛地进行卤水点浆。他伸出粗壮的双臂，一手拎着秘制配方"刘家卤水"，一手捻着舀子的柄，随着缸中熟浆的上下翻滚，一点一点往装满豆浆的缸中点卤水，完全沉浸在一串行云流水般的动作里。

他每点完一舀子，都会目不转睛盯着缸中浆的结构变化。刚开始点卤，豆浆的内部结构不会明显改变。但随着点浆的继续，卤水的加入，电解质的作用越来越大，迫使大豆的蛋白质发生胶体凝聚。

"这是最后半舀子了。"我听见他在自言自语。

点完浆后，他便弯下腰来，近距离观察缸内每一个细微的变化——是那种胶体聚沉的变化。渐渐地，缸中的浆面上翻起一个个"小花朵"，从稀到稠，慢慢连成一个蓬松的整体——像大海边的沙滩，来潮时沉于水下。卤水量是否恰到好处，关键在那半舀子。

他终于喘了口气，放下手中的舀子，站起身，似乎想再说什么，可他刚张开嘴巴，话却没了，眼神中透着一种异于常人的冷静，原来点完浆，还得经管道传送，再进行压榨，这个过程的耗时也是豆腐脑形成的时间，必须合理分配。那如何卡点呢？他的脑袋跟电脑似的。当然是有窍门的，他从后一道工序往前倒推时间，第一步算出从管道出浆到压榨机的时间，第二步算出豆浆在管道中的停留时间，第三步减去前两次的用时，即为点浆后豆浆在缸中的"驻足"时间。点浆和卡点相辅相成，缺一不可，否则，所出的百叶要么太老，没弹性；要么太嫩，容易散。

即便如此，要完成六大缸的点浆任务，还得站上好几个小时。其间，那一连串既费脑力又费体力的劳作，全靠他一人。唯一的休憩时间就是一口大缸刚好点完卤水，而另一口缸还未放满熟浆的时候，这中间仅有五分钟的时间差，他可以忙里偷闲喝上几口水。

此人叫雷克爽，是外省人，于2018年，千里迢迢从湖北来到了苏中平原，通过拜师，正式成为刘忠林的第三个入室弟子。在刘忠林的悉心传授之下，经过一年零两个月的学徒生涯，四十岁出头的雷克爽便期满出师，成了海安李堡本坊豆制品加工厂主打产品——百叶的点浆师。他的技艺来自刘忠林，一个从事卤水配方研究和点浆近半生，技艺娴熟到随手抓一把结晶块或舀点秘制的原汁就能配准卤水比，看一眼缸中的豆浆量就知晓要下几斤几两卤水的行家。这里面既有算法的连续性，又有结果的准确性，还要控制好温度和时间，差一点都不行。并且，卤水的比例，点浆量的大小，以及从点浆到凝胶（在卤水的作用下，使大豆蛋白质溶胶转变成凝胶，亦称豆腐脑）的形成时间节点，等等，刘忠林都把握得无比精确、毫发不爽。可眼下，后生可畏呀，同样是在薄如纸的方寸领地上，却能诠释出大千世界中更多的文化内涵。

有一种距离，是面对面却有着翻山越岭又翻江倒海般的激荡。

在他点完浆的一刹那，我眼前一亮，仿佛看到一批极为细微的离子，穿透豆浆表面，潜入浆箱内部。那浆，此刻如日出般静谧，如日落般浪漫，以凉爽、奇特、美好的形式，随着时光之河滚滚向前……

相传，公元前164年，淮南王刘安一心痴迷炼丹成仙，在八公山（位于安徽省淮南市）炼丹时，一不小心把卤水点入豆浆之中，阴差阳错发现了豆腐的做法。可以想象，那时的刘安是多么的兴奋，他吩咐厨子去剥两根小葱来，拌着吃；架锅、添油，把豆腐切块，文火细煎，蘸汁儿吃。从此，浓浓的豆香便随风飘入民间，并以其独特的魅力向世人递了一张精彩的"名片"，宋代时传入朝鲜，19世纪初传入欧洲、非洲和北美，逐步成了一种世界性的传统养生食品。

值得庆幸的是，如今，这一古老的技艺又被新一代传承人雷克爽传承，他行云流水的动作让人眼花缭乱。尤其是他那点浆的声音，犹如一曲舒缓的萨克斯曲，悦耳动听，每个音符都契合了心弦的音律，空灵地回荡在房顶，绕梁不散。他用卤水点的不是一缸缸豆浆，而是一个个跃动、温馨又深情的画面。画中，一个点浆师正随着有节奏的浆流声，一桶一桶、一舀子一舀子向大缸里点着卤水……正如眼前他的演绎，将流出的豆腐脑一层一层浇在布上，然后经压榨脱去部分水分，便成了一张张如纸一样的薄片——百叶。其品质柔韧细腻、紧致绵软、入口醇香、回味悠长，也成了苏中平原百姓餐桌上一道不可或缺的美味佳肴。

据现代科学测定，百叶不仅营养丰富，蛋白质、氨基酸含量高，而且富含铁、钙、钼等人体所必需的18种微量元素。儿童食用了能提高免疫能力，促进身体和智力的发展；老年人长期食用或可延年益寿；孕妇产后食用既能快速恢复身体健康，又能增加奶水。是妇、幼、老、弱皆宜的一种食用佳品。

难怪大文学曹雪芹非得将百叶写入《红楼梦》：

> 宝玉笑道："好，太渥早了些。"因又问晴雯道："今儿我在那府里吃早饭，有一碟子豆腐皮的包子，我想着你爱吃，和珍大奶奶说了，只说我留着晚上吃，叫人送过来的，你可吃了？"

那小说中为何又称"豆腐皮"？

经考证，雍正五年（1727年），曹雪芹才十二三岁，曹家因亏空获罪被抄家，他随家人一起回到北京老宅。所以，《红楼梦》中按北方地区叫法称百叶为"豆腐皮"也就顺理成章了。

百叶到底有什么魅力，也就不言而喻了。

四

随着光线的抽离，天色渐渐暗淡下来，寻不到一丝一缕的阳光，空气立刻像含了霜似的，秋天早晚凉是苏中平原的气候特征。我迅速放下卷着的衬衣长袖，来到了豆腐加工车间。

借着灯光，我抬头环顾，加工车间大概有三百多平方米，两条生产线平行放着，上面"躺"着一小箱一小箱刚被卤水点过的豆浆，它们的结构变化像坐过山车似的，到了尽头就将豆浆聚变成了豆腐脑。特别是弥漫开来的那股浓浓的豆香，像一群被释放的孩子，争先恐后爬出车间，随着习习的秋风飘散在整个村庄，久久游荡于大自然之中。

而飘出的豆浆味，如同舞台前已经拉开的帷幕，且看艺人敢不敢在台上舞枪弄棒、放声高歌，做出让人感到惊艳的动作和唱出与众不同的喉音来。

我也像一名艺人来到台前。随着豆浆的喷出和设备的转动声，我的身体立即起了不同的反应。那是热烈的，是滚烫的，更是奔放的，那是身体被"点燃"的声音，是一种愿望之花快要绽放的声音。于是，我毫无顾虑地加入他们的行列之中，按序从压榨机旁将压好的豆腐一箱一箱搬出，再送到冷却房。

于参观者而言，走进车间是一种外出学习方式，自然心情放松、无压力，但来回奔跑，又要端着几公斤重的豆腐箱却是煎熬的事情。来回三四趟，两条胳膊感觉不到疼，只感觉到越来越紧，一股无名的力量让我驻足，喘喘气。

我掏出水"咕噜噜"灌了几大口，抬起胳膊，用手擦了擦脑门上的汗，发现在我前方，也就是在流水线的那端站着一个女人，个头不高，胖胖的，苹果脸，正全神贯注地操纵着一个形如漏斗的设备。

我顿了顿，目不转睛地看着。突然，从我身后闪出了一个身影，那是一个四十多岁的男人，身着浅色短袖，脚穿黑色胶鞋，不像是普通劳动工。他一笑，好像知道我是谁，便说道："我是豆腐车间的主任。"

"哦，主任好！"我随口应答道。

他仿佛又听懂了："你看的那个人就是老板的夫人。准确地讲，这是他的第二位夫人，叫范愫芹。"

在这之前，我听说过，但没见过面。

范愫芹，今年六十岁，是这一带点卤最好的人之一。经过她的手做出来的豆腐，质地细嫩、色正味纯、结构均匀，尤其是色泽光亮，手感柔软富有弹性，拿到如皋、姜堰、海安菜市场卖，一般都要比别人的价格高一两毛钱。

她真不容易！她在三十八岁那年离婚，带着判给她的女儿毅然决然来到刘家，成了刘忠林的妻子。在20世纪90年代末，刘忠林一手创办的养鸡场因种种原因"停摆"，老婆与他离婚后出走，父亲病重卧床不起。瞬间像天塌下来似的，他整天沉默不语，心情沉重、痛苦、悲伤，神情明显有些慌乱，人几乎到了崩溃的边缘。可就在他人生的十字路口，范愫芹却出现了。也许，世间万物，真有什么神谕与暗合，是你的自然少不了，不是你的，再努力，终究有一天会还给别人的。两人相爱了，他们俩的情感似干柴烈火，一点就燃，2000年，两人结婚了。

到了2006年，刘忠林刚好五十岁。经过反复调研论证，开了豆腐坊，被人称为作坊式的"夫妻店"。他们凌晨一点起床，烧锅炉、磨豆浆、煮豆浆、滤豆浆、点卤、起锅……七八道工序下来，天刚刚蒙蒙亮。那时没有店面，更没有固定的销售渠道，还得挑起"货郎担"走上十几里路，吆喝上几声。正所谓，"世上有三苦，撑船、打铁、做豆腐"，道出了民间豆腐作坊的艰辛。

更让人敬佩的是，当天出来的百叶、豆腐，他们自己家从来舍不得吃，吃的都是剩下来的边角料，卖相差的那种，当然，即使有也所剩无几。不是吃不起，不是要死赚钱，是太辛苦了，每天睡眠不到三个小时，只有他们俩知道，在每一张百叶、每一块豆腐上，他们从未吝惜过自己的体力。

言罢，他莞尔一笑，低着头走了。

我还是扭过身去，看了范愫芹一眼。这是老天的恩赐，不仅成全了他们的婚姻，更让有着两千多年历史的豆腐制作工艺在他们的手上传承下来。他们虽然不太懂得豆腐文化的博大，却知道好好做百叶、做豆腐、做豆腐干，心无杂念，随遇而安，是最心安理得的谋生方式。他们用最无害的方式与豆腐同在共存，守护着中国根深蒂固的传统美德而不知。

正当我要离开车间的时候，一首古诗突然在我的脑海中浮现（明代诗人苏平的《咏豆腐诗》）：

> 传得淮南术最佳，皮肤退尽见精华。
> 旋转磨上流琼液，煮月铛中滚雪花。
> 瓦罐浸来蟾有影，金刀剖破玉无瑕。
> …………

这是对豆腐的发明、去皮、磨浆、煮浆、点浆、切割等制作过程一次生动的描绘，也是古代人"做豆腐"的真实写照。而当下的人，正演绎着古人诗中所描述的技艺，顺着他的诗意远去又走近。

五

晚上八点，我从豆腐车间走出，刚好路过油干车间，一股油香味显得更为浓烈、鲜香，这气味中好像又多了一种豆腐的纯正味。果不其然，西北角的"井"字架子上放满了一层又一层炸好的豆腐干，炸得表面发黄，映照着灯光，呈现出一道道虚光的波纹，令我垂涎欲滴。

> 世间宜假复宜真，

真幻分明身外身。

才脱布衣圭角露，

庙镇俎豆供嘉宾。

据传，这是乾隆皇帝下江南时，其先行官到崇明庙镇留下的《咏豆腐干》，也许诗中所写的并不是当下的"油炸豆干"，但不管怎样，乾隆皇帝肯定不会想到，在今天，中国的豆腐又多了一种新的吃法——油炸豆腐干。

其实，这就是豆腐的命运在传承中得到了发展、得到了升华。

两千多年前，淮南王刘安在炼丹的过程中，无意中促成了豆腐的诞生，使中国成了豆腐的故乡。

天宝十二年（753年），鉴真东渡日本，把制作豆腐的方法带到那里。据说，现在日本有的豆腐包装袋上还有"唐传豆腐干黄檗山御前淮南堂制"的字样。

到了宋明时期，豆腐文化更加广为流传、绽放异彩，许多文人名士也走进传播者的行列。北宋大文豪苏东坡任杭州知府期间善食豆腐，曾亲自动手制作"东坡豆腐"。南宋诗人陆游也在自编的《渭南文集》中记载了豆腐菜的烹调。

更有趣的是，清代还有一段关于康熙帝和豆腐的记载。当时，康熙南巡苏州，赐给大臣的礼物按惯例应该是金玉奇玩什么的，谁知却破例赐了一道豆腐家常菜。

随着时代的变迁，豆腐文化传播至今，其做法不仅花样繁多、风格迥异，而且技法也各具特色。

安徽黟县的"腊八豆腐"，是将豆腐抹以盐水，在温和的太阳下慢慢烤晒而成；四川东部的"口袋豆腐"，以汤汁乳白、状若橄榄、质地柔嫩、味道鲜美为特色；成都一带享誉海内外的"麻婆豆腐"，独具麻、辣、鲜、嫩、烫五大特点；湖北名食"荷包豆腐"、杭州名菜"煨冻豆腐"、无锡"镜豆腐"、扬州"鸡汁煮干丝"、屯溪"霉豆腐"、海安"麻虾酱烧豆腐"及以百叶为原料的"大蒜拌百叶""韭菜炒百叶""百叶结烧肉"……无论是煎还是炸，无论是凉拌还是热炖，入口入腹，那原汁原味的豆子清香，的的确确荡气回肠、沁入肺腑，即便打个饱嗝，依旧带着浓浓的馨香。

豆腐的品种更是不计其数。有南豆腐、北豆腐、老豆腐、嫩豆腐、水豆腐、冻豆腐、内酯豆腐、毛豆腐、酿豆腐、臭豆腐、干豆腐、油炸豆腐干、豆腐乳、百叶、茶干等。

时间来到21世纪初，"海安李堡本坊豆制品加工厂"的生产制作与工艺传承，用刘家摸索出的新配方，结合点卤传统技艺，让"李堡本坊·香"在苏中平原上几百家豆腐坊中成为一枝独秀，豆腐远销百里之外，供不应求，直至今日。

此时，刘忠林正在为前来拉货的车辆安排货源计划。姜堰加盟店豆腐两百箱、百叶五百斤、油干三百斤，如皋直销店豆腐两百五十箱、百叶两千斤、油干一百斤，海安直销店豆腐四百五十箱、百叶一千两百斤、油干五百斤，海安康硕、安心、金旺等公司豆腐一百箱、百叶三百斤、油干一百斤……

不知不觉，月亮已升至顶空，月光落到刘忠林身上时仿佛多了些重量，使得他的手势和脚步渐渐沉重，像独自一人拖着一整个夜的黑。货源刚装完，他又拖着疲惫的身躯，朝着泡豆车间走去。

秋酿

一　辰时，拉开酿酒序幕

戊戌重阳清晨六点，我从家开车到江苏品王酒业集团，大约三十分钟。车子一发动，我的身体就有一种奇特的感觉，像喝过酒似的，既兴奋又柔软。而这种柔软，不是人们常说的那种柔软无力，而是柔韧，充满激情与力量。同时，我的身体里好像有股暖流在涌动、在加速、在升温。

不过，这种久违的身体反应，我自己也整不明白，到底为啥？或许是远在发酵缸里的那些酒曲"精灵"从气味中读懂了我来酒厂的目的，与我达成了某种默契。

我带着热烈、滚烫而又奔放的身体，停好车，就直奔酿酒车间。原来酿酒车间就"窝"在厂区的第二排偏东方向，且置于一块写有"江苏省非物质文化遗产——糯米陈酒传承基地"的巨幅牌匾之下，正被糯米饭蒸腾的热气笼罩着，它与厂区间绿得清纯、绿得澎湃的香樟树林带相互依偎，共同聆听着历史"叩击"大自然的点滴记忆。

刚迈入酿酒车间，我就听到了两个男人的对话。

"糯米要雪白的，必须是里下河优质大米。"董事长陈永康说道。

"对，董事长。糯米要白的、上乘的，宁可贵点。"

车间主任杨进说着，两只手没有停下。他弯着腰拧开龙头，让池中浸泡好的、淘得干净的糯米随着水流流出。刚出水的米粒的样子，就像冬日屋檐上的青苔被春雨唤醒。倒进蒸桶时的样子，则像江海平原临近年关的一场小雪，薄薄的、"瘦瘦"的。五分钟后，煮熟的糯米再被从蒸桶里倒出来时的样子，又变成了江海平原的另一场雪，犹如立春时节阳光下的积雪，铺在田埂上，雪白的、一层一层的，细看，有着六角"花瓣"的雪花一片挨着一片，每一个极细微的镂空处，都"住着"金色的晨曦。

从"捞出"到"倒进"再到"煮熟出桶"，酿酒人都知道，蒸米的这个环节虽然是酿酒的基础，但必须保证煮熟的糯米轻轻一捏就扁，中间不能像夹心面包一样有白芯，否则，它会影响到后续酿出的酒的品质与口感。

而品质与口感则是酒的"灵魂"。杨进在蒸桶的底部摊上一块纱布，倒入浸泡好的糯米，盖上盖子，蒸汽就会自动从蒸桶下汹涌而上，将糯米蒸熟，黏度恰到好处。

在一片水蒸气弥漫的空间里，陈永康、杨进等十二个男人，他们的身影如同皮影戏的主角穿梭在蒸腾的热气中，动作干练麻利，一个个跟战场上冲锋的战士一样。有抬着箩筐将糯米倒进蒸桶的，有把蒸桶抬下来送去淋水的，有抬着蒸桶放上蒸汽台的，还有拎着空箩筐准备装米的……水蒸气升到屋顶，凝结，如雨一样滴落到他们的头发上，悬停在眉睫上，顺着脸上的沟沟壑壑往下淌。犹如雨一般落下来的，是十二个男人的汗水。他们不仅要饱受水蒸气的煎熬，还要马不停蹄地来回往返，干着自己分内的活儿。这些男人，最大的五十五岁，最小的二十八岁。

我看着如此忙碌的景象，惊呆了。

"真辛苦。"我脱口而出。

从这一个个身影中，一滴滴滚落的汗水里，我看到了那种无声的壮举。正是如此，这门古老的酿酒技艺才得以在历史的长河中生生不息。

上午八点四十分，第一桶糯米饭的香气便从盖子的周围渗透而出，瞬间激起一层一层涟漪。浓郁的香气，慢慢钻进鼻腔，让人觉得熟稔、安心，因为它的暖香来自稻穗，而稻穗又来自土地、来自阳光。它是光的孩子，是大自然的孩子。此刻，太阳正向这古老的城镇"撒"下万道金光，它恰巧与"母体"重逢。

那又何为酿酒的开始呢？

酿酒人讲，米开始蒸煮，酿酒就算正式拉开序幕。当然，也有人提出异议。其实，到此刻止，这种纷争已毫无意义，就算你讲对了，又能怎样？

二　申时，一身酒气的糯米饭

酿酒车间里，十二条汉子干劲十足。他们每两人一组，紧紧围绕蒸饭这一流程，忙上忙下、应接不暇。被撤下的蒸桶要放在淋水器下，对煮熟的米进行一次"冲凉"处理，让水慢慢渗透下去，从上到下、层层处处，温度都得统一降至30℃—32℃，温度是否刚刚好，关键在用时上——必须是三十秒。共有两吨大米，每次每桶只能装六十斤，这不是一时半会儿就能做完的事。如此反复，他们使的都是巧劲，腰、胳膊、手腕用劲最大。藏青色的工作服上，汗水印子从耳后的发间往四周扩散。他们都沉浸在一串行云流水的动作里，没有人听到别人讲话，即使有，也因为太投入了，根本听不清。但喧嚣的环境里，却能听到大家气喘吁吁。

米好、水好，还要手艺好，最要紧的是酒曲，酒曲是酒的魂。

难怪在日本被称为"酒神"的酿酒专家坂口谨一郎曾说过，中国发明了酒曲，影响了整个世界，堪与中国的四大发明相媲美。

人类用谷物酿酒分两大类：一类是利用谷物发芽时产生的酶将原料本身糖化成糖分，再用酵母菌将糖分转变成酒精；另一类是用发酵的谷物制成酒曲，用酒曲中所含的酶制剂将谷物原料糖化发酵成酒。酒曲酿酒是中国酿酒的精华所在，最早的文字记载为"若作酒醴，尔惟曲糵"。

当米还是米、酒曲还是酒曲时，又是经谁的双手搅拌？

上午九点钟，一个上身穿着灰色圆领长袖T恤，下身套着藏青色裤子，脚上穿着黑色胶鞋，留着平头的青年陈昕明，在发酵缸边虎虎生威地拌酒药（酿酒所需的酵母，后同）。他伸出一对粗壮的手臂，一把将糯米饭搂进怀里……他将雪白的酒药撒到糯米饭上，然后一把一把将糯米饭搂近自己，用手掌不停地翻炒，将结团的饭团揉松，否则渗透不到饭中的酒药将会馊掉。颠来倒去，直至拌匀为止。然后，他将糯米饭从缸底起向上沿着缸身"搭"好，用竹刷子刷平，湿漉漉的糯米饭服服帖帖，像一群被他哄睡了的孩子；然后，他在缸底的中心掏出一个小碗大的"窝"（叫"饭中搭窝"），轻轻盖上草盖子。若此时的气温低于10℃，还得给发酵缸穿上草编的外衣。等他做完最后一个动作时，已是下午四点半。他抬起头，闻到了糯米饭香里夹杂着另一些香味，有酒曲香、酒香，还有饭菜的香。

就在收工的一刹那，我眼前忽然一闪，好像看到了一小束极为细微的阳光穿窗而入，从盖子某一个缝隙，潜入酒缸内部，看了一眼酒的"胚胎"。可那"胚胎"，此刻如日出般静谧，如日落般浪漫，以清冽、奇妙、醇厚、美好的形式，潜入时光之河流淌千年……

自三千多年前的商周时代起，中国尤其是南方大地上经年弥漫着蒸腾的饭香和酒香，中国独有的黄酒，与啤酒、葡萄酒并称世界三大古酒。正如学者洪光住先生所说的那样："我国以谷物酿造黄酒的起源，大约始于新石器时代初期，到了夏朝已有较大的发展，但是真正蓬勃发展的时代，应当是始于发明酒曲、块曲之时，即大约始于春秋战国、秦汉时期。"（《中国酿酒科技发展史》）

最为古老的黄酒实物于1974年惊现河北省平山县战国时代晚期中山王墓。铜壶子母咬合的紧密壶盖，使酒液得以保存，打开铜壶时可闻到明显的酒香，酒液因铜盐而呈浅蓝色，经化验，为黄酒的原形。

更为神奇的是2003年，西安文物专家在发掘清理一座西汉早期墓葬时意外发现了存放在青铜器中的51斤古黄酒，仍香醇可饮。

值得庆幸的是据《海安镇志》记载，清道光十年（1830年），无锡高东渡人蒋文枢来海安落户，以当地上等糯谷为原料，运用独特的酿酒工艺和配方纯手工造出了清而不俗、香而不艳的糯米陈酒。

多少年了，那黄酒始终汩汩鸣响在人类历史的肌肤、血液、心脏、"灵魂"里，每一根毛细血管、每一个细胞里都深深地留下了酒的印记。

而另一些极为细微的阳光，却照见了酿酒车间蒸腾的雾气里一个个汉子健硕的身影，那曾在庄稼地里风吹日晒的身影，光影变幻中，肌肤黑亮，像是一幅油画定格于此。

油画里响起男人们的歌声和说笑声。从重阳节到次年四月，苏中的上空都会飘出蒸腾的热气，亦会飘出一两句嘶吼：

九月九酿新酒，好酒出在咱的手哇……

随之飘出的，还有一阵阵笑声。

三　月下，守夜人

米是骨骼，水是血液，曲是魂魄。醪是酒的胎儿。

五十三岁的陈永康，是南通市级酿酒技艺"非遗"传承人。这几天他困得厉害，只能将就应对，在办公室里打了个盹儿。半夜，他要一次次爬起来"听"酒的低吟浅唱。

月亮高高挂在天空，几乎每晚都会"看见"办公室通往酿酒车间的水泥路上，摇摇晃晃走来它熟悉的守夜人，酿酒车间唯一的守夜人。他敞着工作服，睡眼惺忪的样子，一路上，他的鼻子一直使劲吸溜着。

他吸溜着所经之处的每一丝香气。从办公室到酿酒车间有两百多米的路程，他依次闻到桂花的清香，香樟树花的淡香，和白天酿酒车间蒸腾的糯米饭香气截然不同，但他都喜欢。

走近酿酒车间，陈永康蹲下身子，耳朵贴紧发酵缸，一个缸一个缸地听，捕捉着每一个极细微的声音——醪液发酵声，是那种"节节声"，就像初春小雨打在柚子树叶上，很细很急；又像从笼子里逃出来的青蟹在灶台下吐沫。

如果缸料厚了，温度高了，"节节声"便变得快而短促，他得赶紧揭开盖子，用竹耙耙几下，把气排出去。一共二十多个缸，耙个把钟头，等"胎儿"们安静了，他才能回办公室再睡一会儿。虽然每天忙得晕头转向，却会准时醒来，一两点起来一次，三四点起来一次，哄它们"睡"。有时候，"胎儿"们"吃多了"，闹得太猛，会引发"胃反流"，直接将液"吐"在酒缸中，他就得每一个钟头都爬起来照看，一夜四五遍，等酒缸里醪液发酵声正常了，他才放下心来，这时天也亮了。

发酵期间的搅拌冷却，俗称"开耙"，是整个酿酒工艺中最为关键的一步，调节发酵醪的温度，补充新鲜空气，以利于曲霉菌和酵母生长繁殖。人们尊称开耙师傅为"头脑"，即酿酒的首要人物，"头脑"要断米质、制酒药、做麦曲、淋饭等，一听、二嗅、三尝、四摸，负责酿酒的一切技术把关。很少有一位开耙"头脑"能保证其一生中所酿的每一坛酒都是好酒，陈永康却几乎从未有个闪失。

他是海安市的做酒人。20世纪50年代全市组建了公私合营的海安酿酒厂，最擅长做米酒的师傅将这一传统工艺带入厂内。到了20世纪90年代初，这一传统工艺得到了守正创新，以里下河优质纯糯米为原料，通过特制秘方精心酿制、长期陈化而成"三塘牌"糯米陈酒。经科学研究分析，这种独创的酒曲发酵法酿成的低度酒，内含人体必需的葡萄糖、维生素、有机酸和十多种氨基酸等主要成分，与各种微量元素及酵母菌、曲霉菌等微生物相互融合，成为最适合黄种人体质的保健养生佳酿，经常饮用能舒筋活血，增强人体活力，还兼顾产妇饮用能补血祛寒等功效。1998年，酒厂改制，扩建了糯米陈酒车间，陈永康便利用"三塘牌""品王牌"商标，又让这门古老的酿酒技艺焕发青春。

青年时的陈永康，学会了酿酒手艺。上辈人说，黄酒的历史比白酒长多了，白酒在元代才兴起，黄酒里的山东即墨酒、福建红曲酒、客家娘酒、房县黄酒、福建沉缸酒、浙江加饭酒等早已名闻天下。海安的糯米陈酒亦是，不仅用醇香回馈本地人的钟爱，也用品质征服了世人。

同时陈永康的酒量也行，他仿佛就是天生为做酒而生，这或许为他后来造酒、传承酿酒技艺埋下了伏笔。

更有趣的是，陈永康喝酒只喝自己酿的酒。在他心里，对遥远之地那些酿造白酒、红酒的人充满敬意，与他们惺惺相惜。他听说，外国人把谷物酿的酒蒸馏，叫威士忌，用葡萄酒蒸馏出的叫白兰地。赤霞珠是葡萄酒王国中的国王，拉菲则是皇后。拉菲庄园中种植葡萄基本不用化肥，两三棵葡萄树才能生产一瓶750毫升的酒。拉菲酒的个性温婉内敛，花香果香醇厚柔顺，和他所做的米酒很像。于是他觉得，在全世界，他是有知音的。他暗暗跟他们较着劲，糯米陈酒不能"倒牌子"。

因为酿酒是他的事业，是他一生的追求。

四　庚子寒露，酒香四溢

十月的风，将稻穗吹黄，将枫叶吹红，也将酒色吹变。陈永康掐指一算，从入罐后发酵到去年四月份对酒液的压榨，再到当下，快有两个年头了。于是，是日下午的两点，他和杨进、陈昕明等六人一起来到酿酒车间。他爬上四米高的酿罐，打开钢盖，在出口处，用右手扇了几下说："啊！好酒、好酒。"

他两眼笑成了一条线，那表情让人粗略一看，还以为他中午酒喝多了。尤其那瞬间定格的表情，看似有些滑稽，甚至让人觉得好笑。但实际上那是他内心中一种幸福而美好的情感流露，更是他长期以来承受压力的一种释然。

陈永康是闻名业内、苏中方圆百里的糯米陈酒的酿造师。他从学校毕业后，进厂当了酿酒工人，从工人到车间主任再到现在的董事长。他的岗位虽然多次发生变化，但不变的是他心中的那份对酿酒技艺的执着、坚守与责任。人们只知道他的米酒酿得好，但陈永康知道，是有窍门的，主要是用心，平时多学、多跑、多看、多思考，这就意味着要勤学苦练内功，多下功夫，让这部镌刻在江海平原上的传世巨著流传下去，真正使更多的人从耳到脑、从脑入心，沉甸甸、情切切地醉一回。

他曾深情地讲过一句话："我扎根于酒厂几十年了，为的就是米酒的传承、保护与发展，靠的就是内心的这份责任和坚守。"

真的太不容易了！他那激昂的话语快被机器声吞噬时，我用力抓住它，心中由衷地感叹。正是因为"这份责任和坚守"，他才一步一步走了下去，直至今天。

琥珀色的米酒，浓郁的酒香，随着袅袅热气瞬间弥漫，就连站在下面的人都被香气牵住了鼻子，嗅到了它的浓香。

"董事长，看来这批酒又是上乘的酒质了。"陈昕明大声讲道。

"是的，你讲对了。"陈永康像个孩子似的，高兴得合不拢嘴。这是他的杰作，又怎能不得意呢？

陈永康将目光收回，盖上盖子，便对杨进说道："杨主任，准备开闸过滤、装坛装瓶了。"

"好嘞！"

糯米完成发酵后，抽灌过滤装坛或装瓶是酿酒的最后一道工艺流程。三四十天后，酒色先是变成豆青色；到六个月左右，再变成琥珀色；差不多一年，则逐渐变成深琥珀色，当然，颜色越深越好。至于怎样能变成深琥珀色，只有陈永康说得清。从浸米开始，一步一步做好。

自从陈永康懂得酿酒技艺的那一刻起，就十分努力，通过对酿酒技艺"泡米看天时，蒸煮控气温，发酵选优曲，陈酿用陶缸"的传承、保护、借鉴、加以创新，形成了一套独特的工艺和配方。谁也没料到，在20世纪80年代中期，糯米陈酒竟随中国贸易促进会走出了国门，且作为赠品送给了日本客人，以其"真、善、美"的价值取向赢得了外国友人的一致赞誉。到了20世纪80年代末和20世纪90年代初，又分别将中国首届食品博览会银奖和轻工业部优质产品奖收入囊中。这于海安而言，无疑是史无前例的。

今天描述起来，陈永康还是一脸的兴奋。因为在历史时空中，酒走着走着，从稚嫩的"少年"长成了"壮年"；走着走着，遇见了一个个有趣的"灵魂"，经历了一场场化学反应、一场场旷世情缘。酒给人类艺术史涂上的，不是浓墨重彩，而是绝色，因而成了上至三皇五帝，下至贩夫走卒，人见人喜的饮品。如今亦同。

热了，喝一碗，爽心润肺；

冷了，温一碗，暖身暖心。

不过，你也别小觑它的后劲和威力哦，就像漂亮的村姑，浑身也会散发出原始而真实的野性呢！

站在酒坛旁的陈永康看着经过滤提纯的酒液——陈酒，他显然有些激动。装满酒的一坛坛、一瓶瓶，泛着微微的暖光，香气沁人肺腑。他将酒舀子长长的竹柄伸进酒坛里。

这一舀子新酒，他品出的是老时光。他没有忘记祖先，凭一手酿酒绝技，来到海安开创了首家"蒋鼎兴酱园"，后人把他传下来的"枯陈"米酒改名为"三塘牌""品王牌"糯米陈酒。陈永康只知道，自己做的酒，不止海安人喜爱，外地人也喜爱，他们都叫它"海安糯米陈酒"。

他更不关心怎么卖，谁来买，只管把酒做好，他自己心里有数，相信好酒总会有人要的。

五 酉时，我和我们

整个下午，我们都笼罩在浓郁的酒香里。傍晚时分，我们从糯米酒酿造车间走出来，下班回家。陈永康在前，一脸的兴奋。和我并排走着的陈昕明是海安市新一代酿酒技艺的"非遗"传承人，还不满三十岁，跟随陈永康多年。他深深地吸了一口气，好爽啊！看得出，大家原来最为忙碌的时光，仿佛一下子变慢了。当然，白酒、冰雪酒、果酒车间的那种"节节"的发酵声还依然响着。

但就酿制糯米酒而言，已圆满收官，大家的心可算放回了肚子里。之前的种种担心，总算过去了。没压力就是一身轻，我走着走着，似乎一下子沉浸到了如诗如画的意境之中，脑海里奇怪地跳出几行诗：

酒盏酌来须满满，花枝看即落纷纷。

莫言三十是年少，百岁三分已一分。

这是白居易的《花下自劝酒》。你有没有被这意境陶醉？若是，有三五好友，于春暖花开之际，落英缤纷之时，花树下小饮，岂不美哉乐哉？

我不禁展开合理想象，似穿越到唐代，与诗人白居易对酒吟诗，很享受从咽喉中发出"啊"声，随后用手擦去嘴角的酒痕。

这正验证了"无酒不成诗"的说法。所以，酒是诗的"灵魂"。同时酒源于中国，中国为酒的故乡。毫无疑问，酒的出现并非巧合，它不仅是大自然对人类的恩赐，更是时光选择的结果。

九千年前，河南舞阳县的贾湖，先民以稻米、蜂蜜和水果为原料混合而成发酵酒，它的登场亮相，足足将世界酒史向前推进了一千多年。

古往今来，无数的王侯将相、文人墨客，无不与酒有着很深的渊源。"酒鬼"刘伶以嗜酒、豪饮而闻名于世，积毕生之愿写下了著名的《酒德颂》；醉翁欧阳修，自称有藏书一万卷、琴一张、棋一盘、酒一壶，陶醉其间，怡然自乐，写下了他的名篇《醉翁亭记》；李白斗酒诗百篇；关公温酒斩华雄；曹植、陶渊明、苏轼、辛弃疾、张旭、怀素、米芾、倪瓒等，都与酒结下了不解之缘。

饮酒可以助兴。刘邦赴鸿门宴，其间武士范增让项庄乘酒兴舞剑，才有了"项庄舞剑意在沛公"的桌谈；刘备徐州大败而逃至曹操处，曹操恐失天下人心，不予谋害皇叔，而且款待刘备。从此，刘备如鲲鹏翱翔于九天，在汉中成就蜀汉霸业。

酒，更是中国人情世故的纽带。走亲访友离不了酒，请客吃饭离不了酒，同学朋友聚会离不了酒，红白喜事离不了酒，人们的喜怒哀乐都离不开酒。痛苦时醉一场，忘却烦恼；开心时醉一场，畅快淋漓。酒让人无所顾忌。

时间来到21世纪，选中了"海安特色品牌美酒"的生产制作与工艺传承的攻关小组，本着"引领时尚，强体健身"的宗旨，致力于产品的研发。

时光也选择了我和我们，用工匠精神做着米酒的艺术，用工匠精神传承着悠久的酒魂。

…………

也许多少年后，你我他都会从酒厂退下来，不再是做酒工人、酿酒大师或管理人员，但海安糯米陈酒孕育着无数民众的智慧，裹挟着历史的韵味，而留下的那段米酒文化的多彩传奇，我会用笔一一书写，我也相信未来，时光会给我们更好的。

天快黑了，陈昕明抬头望了望向晚时分的路口。他拉开车门，一跃而上，按下窗户玻璃向我挥了挥手——"再见了"。

"再见了。"他一踩油门，小车便蹿了出去，而那车影很快就消失在暮色之中……日光流年，万物生长，这些"非遗"传承人，还会像前辈一样在尘世中创造新的米酒传奇。

在水之上

一

九月的苏中平原，天空格外高、风儿格外柔，大地上的绿意一大片、一大片放肆地"铺"向远方。在温和的阳光下，我集中精力握稳方向盘，让车平稳行驶。

抵达李堡村是早上六点四十分。我走在满是露水的小路上，随着一片片翻滚的稻穗绿浪，感到整个身体都在剧烈起伏，人像是随之进入悬空状态，在那一瞬间，我根本没动，是它在驱使我前进。只见它的起伏，看不到尽头所在。我像晕船了一样，阳光从稻穗上反射过来，炫目异常。我已经找不到方向，像一只迷失在稻浪中的虫子，只有等到这波浪停息，才能看清平原的本来面目。

大地无垠，稻子整齐有序，它们在秋天的阳光下散发出粮食特有的清香。但我能从钻入鼻腔的香味浓度中判断出，这不仅仅是稻子的专属味道，还有另一种植物的气味掺杂其中。于我而言，嗅出它并不是难事，因为我生在农村，长在农村，曾与土地朝夕相处近二十年，致使对农事我无一不知、无一不晓。于是，我调整好体态，像一只采花粉的蝴蝶，顺着气味的方向逆风而行，奔向那片芝麻园。

每每走完二三十米，我就会吸上一大口气，空气中那股淡淡的清香味就像一层层被激起的波浪，此起彼伏，让我有种"摇摇欲醉"的感觉。

"终于到了！"我满脸欣慰，一派繁忙的景象尽收眼底。南北向的田埂上，有男人，有女人；有人站着，有人蹲着；有拿着镰刀正在收割的，有弯着腰正捧着芝麻秆的；还有的人拉着拖车沿着"L"形路往返穿梭其中……我要找的那个人叫薛卫明，他是本市"薛家小磨麻油制作技艺""非遗"传承人，今年五十五岁。他正弯着腰，将收割好的芝麻秆用草绳扎成一捆一捆的，但其扎法是有讲究的，根部必须分开，头顶相靠，要搭成"人"字形，这样便于日后通风和让太阳晒透芝麻"墙"。

这样的情景，不禁让我想起了《齐民要术》里的一段话："以五六束为一藂，斜倚之……候口开，乘车诣田抖揉；倒竖，以小杖微打之。还藂之。三日一打，四五遍乃尽耳。"这样的描述如秋风一样掠过我的心头，是高兴还是难过？我真不知道。虽然历经千余年，收割、脱粒却与现在别无二致，也许这就是非物质文化遗产固有的人本属性、实践属性和历史属性吧。

想想亦是。我走进田间，顺势蹲了下来，从芝麻秆上撕下一个未开裂的芝麻蒴仔细观看。蒴果为四棱状，既丰满又养眼，跟孕妇似的挺着个大肚子，"子女"一定少不了。我将它掰开，众多的芝麻粒像拉链的"牙齿"一样排列得整整齐齐、井然有序。我用指甲抠开往嘴里一弹，合上双唇，瞬间，一种神秘感立马爬上脑门，让我想起了《一千零一夜》中的一个典故——"芝麻开门"。

樵夫阿里巴巴出身穷苦，家中一贫如洗，在去砍柴的路上，无意中发现了强盗集团的藏宝地，他用"芝麻开门"的咒语，打开了一个神奇的宝物世界，让他得到了大笔财富，由此过上好日子。

虽然这个故事带有传奇色彩，具有虚构性，但其终极目标是积极向上的，想表达人们对美好生活的向往与追求，让天下百姓皆富足。在当下，薛卫明就是这个典故中的影子，"一路伴随而来，顺着跌宕起伏的故事情节远去又走近"。他以芝麻为原料，通过传统的制作技艺，榨出了一天一天的活计，榨出了想要的日子，更榨出了"一滴香"的品牌，使其名声远扬苏中大地。他不仅拥有了物质财富，更拥有了精神财富，其实，内在的精神财富才是他真正可以依赖的无价之宝。

我的心潮，无限制"升起"，几乎沸腾，然而，时间只不过是一瞬间。正当我直起腰的时候，薛卫明却转头对我笑了一下，密集的汗珠像听到号令，迅速集结，汇流成"河"，落到两道浓眉上、凹陷的眼窝里，汗水比他的眼睛更亮。他中等身材，不胖也不瘦，穿着一件浅灰色的长袖衬衫，由于在干活，两只长袖被纽子扣得死死的。

这是九月的下旬，是收割芝麻的最佳季节。芝麻在开花后二十天左右，植株的叶片就会渐渐脱落，蒴果也由绿色变为金黄色，即为成熟。对于以制作芝麻油为生的村民们来说，这是争分夺秒的四五天。割早了，芝麻籽没熟；收迟了，芝麻籽会从炸开的蒴果里蹦出。同时他们更懂得，收获芝麻一定要在早上或晚上，中午万万不可。因为中午的光照较为强烈，籽粒容易跳出芝麻蒴，否则，一年的努力、付出的辛劳将付诸东流。

我终于弄明白了，为什么薛卫明会选这个时间节点邀请我来。于是，我本能地也向他笑了笑。他放下手中的芝麻秆，起身，用手弹了弹衣服上落下的黄叶，原地跺了下鞋子上裹着的泥土粒。

眼前的他看起来普通，和村里的人没有什么区别。但细致打量，无论是从他的眼神里，还是从他脸上洋溢的笑容都能看出，那根本不是一张农民的脸，一看就是见过世面或者闯过江湖的人，特具艺人的那种优雅、大方、自然的气质。

二

自从三国时期祖先与一粒芝麻"相遇"，被榨出的油在波澜起伏的人类进程里扮演着风雅的角色，它在近两千年的历史演变中，已从无名到有名，从老百姓的家常调料品到帝王将相的贡品，再到医药界的良方。正如李时珍所言："入药以乌麻油为上，白麻油次之。"而对于薛卫明来说，芝麻就是油，是土地的馈赠，是安身立命的根本。

在眼下，这个"根本"首当其冲就是抓好金子般的这几天，全力以赴收完这片田园中的芝麻，尽快做到颗粒归仓。

作为薛氏第十四代芝麻油制作技艺的传人，每每在这个时候，他都十分小心、上心。他深知，原料保量的及时归仓，对他而言意味着什么。

我们从田北绕过鱼塘来到芝麻园的南端，驻足远远望过去，我粗略估算，这片园子在二十五亩左右。可就是这二十五亩，用薛卫明的话讲，也是来之不易的。20世纪五六十年代，只能在房前屋后的自留地上种点芝麻；土地经营权承包后，分得土地六亩，其中四亩用来种植芝麻，榨油自然成了家庭主业；如今，党有了好政策，通过土地流转，才得到眼前这片丰收在望的芝麻园。

"有了土地，原料的问题就解决了。"薛卫明讲道。

"是的。"我答道。

就在这期间，我突然听到了一个悦耳的声音——"卫明，你们怎么跑到这儿来了"。

循着这个声音，我看到了一顶草帽，之后就是黑色微卷的发梢，细蓝色格子长袖衬衫，一双在芝麻秆上配合默契的手。此人正是薛卫明的妻子。她不仅是收割的能手，也是制作芝麻油的好手。天气不算热，但她的脸上已经被太阳晒得通红，左手的手面上有几道被芝麻秆划破的痕迹，每一个指甲都被叶汁浸染成黄黑色，拿着镰刀的那只手长满了茧子，五个指头的指肚皮都很厚，指纹快被刀柄磨没了。她的手指上像长了眼睛似的，左手刚抓住芝麻秆，余光就落到右手的镰刀上，立马跟进贴地，由前往后一拉，这一抓一割最多只需三四秒。

看着汗水从她耳后的发间"唰"地流下来，我由衷地说道："真辛苦。"

她说："不苦，榨油工不是苦死的，也不是老死的，而是急死的。"

我很诧异，问："急死的？"

她说："芝麻播种了，苗长不出来，着急；成熟了，若不能及时收割归仓，更着急。当然还有其他事，比如制作芝麻油过程中'烘炒'这一环，对火候的把控必须丝毫不差，否则这油就永远留在家里了。"

的确如此。薛卫明他们就是挣个辛苦钱。

她叹了口气，似乎想再说点什么，终于没有说，转身去了田埂的另一头。

我一时也不知道该和薛卫明讲什么。还是他先开了口："我老婆就是这副德行，是个操心的命。因为当下季节不等人，并且田间的这十几号人都是临时雇来的，她怕大家误工，所以还得去看看。"

"这些人都是当地的？"我接过话题。

"不全是，也有外乡的。他们大多数是五六十岁，几乎不愁温饱，但一年一度不超过半个月的芝麻收割、敲打、清除杂粒到归仓的劳动收入，关乎他们的生活质量，可以补贴家用、零花，或给自己买些衣服、装饰品等。三顿包吃，二百元一天。"

"哦。那您估算没有，今年的芝麻产量能达到多少斤？"

薛卫明稍停片刻，讲道："今年晴天多，光照好，风调雨顺，长势比去年要好，亩产量会高些，在三百斤左右。"

"那您的厂，全年需要多少芝麻原料呀？"

"一百多吨。"

"那缺口很大呢！"

"是的。日后再从当地和外地生长的多个芝麻品种中挑选出几个品种，作为我厂的原料。"

我们边走边聊，不知不觉来到了芝麻园的尽头。太阳渐渐升高，我越来越觉得脸颊热辣辣，而田间头戴草帽、手拿镰刀的农民们正像一只只丹顶鹤一步一点头，散落在田园中，这一幅幅苏中初秋最美的景色，常常会出现在人们的镜头里。镜头年年记录着这种美，却无法记录草帽之下通红的脸、湿透的头发、满手的老茧，还有腰、小腿和脚的酸痛。

三

中饭后，薛卫明在一张小矮凳上坐下，手里捧着一杯热茶。热气从杯中袅袅逸出，也从他的眼前飘过，原本最忙碌的时光，仿佛一下子变慢了。只有"躺"在竹席上的芝麻粒，正"得意扬扬"地享受着太阳光的"沐浴"。

他容貌清秀、手指灵巧，仿佛天生为榨油而生。他八九岁就跟着父亲学炒芝麻。他人小个子矮，站在地上还没有炒锅高。于是，他的父亲专门给他做了一个小板凳，让他站在上面。高度是解决了，但随之而来的却是体力上的不足。一锅芝麻从开炒时就得留神，一铲子一铲子不停地翻动，否则靠近锅面的芝麻会被烤焦，而到炒熟出香还得四十多分钟。不难想象，这种高强度的体力活儿对于一个小孩儿来讲，需要付出多大的力气与努力。

然而，因为喜欢，他扛住了，并且每次干完活儿后，他会反复揣摩父亲说的每一句话、做的每一个动作，将其要点一一刻印在脑海中，他终于成了父亲芝麻油制作技艺路上的知音。久而久之，他从选料、过筛、泡洗、晾晒、烘炒、上磨、晃油到包装检验入库八大工艺流程全都精通。他的日常生活，除了对田间芝麻的管理之外，更多的就是采购原料、加工芝麻油、包装产品与市场销售。尤其是近几年来，为了提高产量，薛卫明在"烘炒"过程改用自动控温转筒式烘炒机，"磨油"过程改用半自动化的电磨（仍为小型石磨）。一次使用一吨原料，一个流程走下来，争分夺秒，耗时在十五个小时左右。从午后忙到夜里三四点，一次能出九百斤左右的油，和改用前相比出油量略有上升。

即便如此，他制油仍极为讲究。制作芝麻油不仅要走八大流程，每一流程中还得有1—4步不等的操作，除极少数流程是机械作业，其他的全部靠手工完成，比如烘烤火候的把握、石磨温度的控制、捶打油面时间的拿捏等，每一步操作都得无比精确、毫发不爽。当然，要掌握好这些技艺，薛卫明讲，除勤奋学习外，还要千百次地追寻感觉，亲自去领悟。

很快，薛卫明成了镇上、市里，乃至是江海平原上制作芝麻油手艺最好的人之一。他用薛家家传的"水代法加工"技艺磨出的芝麻油枣红透明、清澈莹亮、香味浓郁、油质醇正，其知名度享誉十里八乡，产品的销售面已覆盖大江南北，而且"薛泰祥"牌芝麻油也成了京沪宁线走亲访友常见的"伴手礼"和"见面礼"。

坐在另一侧的我，看着他慢慢把茶杯放到嘴边，轻轻地抿了一口，思绪随着他的回忆回到了遥远的那个年代。

薛卫明的祖籍是山东滕州。清康熙年间，清政府有组织地开展了一次大规模的移民行动，是什么原因，在正史上至今还没有找到直接的记载。那年，他的老祖宗迫于无奈，带着怨恨与不甘，一家人不得不背井离乡，千里迢迢从苏南出发，经通州（今南通）来到了赤岸（今李堡）。

从此他乡成故乡。

到了清同治年间，他家的长辈薛文龙重操旧业。薛文龙凭着对市场敏锐的嗅觉和老祖宗传承下来的独特的芝麻油制作技艺，迅速做出反应，创办了"赤岸薛氏麻油坊"，店号"薛泰祥"，开创了江海平原上的先河。凭借出色的制作技艺，生产出来的产品可谓是一路"高歌猛进"，通过车运、船载销往海安、如皋、掘港、平潮、南通等地，在江海平原赚足了口碑。

因薛文龙年迈，1920年，薛松元接班成为他的继承人。其实，薛松元对芝麻油的生产、经营之道也早已熟知、精通。随后，又将这一代一代"手手相传"的制作技艺传给了他的姑娘薛锦凤、姑爷李德元和儿子薛锦华。产量仍然在不断攀升，年产销额高达十八吨以上。此后，商号"薛泰祥"又易名为"赤岸薛氏麻油坊"。

中华人民共和国成立后，薛松元重建"薛氏麻油坊"，再定商号"薛泰祥"。没过多久，于1956年，薛松元又把薛家榨油技艺的接力棒交给他的儿子薛锦华和女婿李德元。但那时的"薛氏麻油坊"所有权发生了质的变化，为李堡东风大队（今李堡村）集体所有。

到了1978年，有了新政策，允许发展个体民营企业。薛卫明的父亲薛锦华心动了，恢复油坊的念头油然而生。他提要求，工商部门很快批准。

获批的那天，薛锦华动情地说："这是老天的恩赐，共产党好，'小磨麻油'的技艺在薛家传承了近三百年，不能在我这一代人的身上白白扔了。"是啊！老祖宗传下来的手艺怎能放弃呢？他们用最无害的方式与芝麻共存，共同守护着中国根深蒂固的传统美德而不自知。

他突然放下手中的茶杯，朝车间里看了一眼，便站起来向里边走去。

四

眼前这栋三层楼的厂房，面积有一千五百多平方米。自从那年营业执照到手后，薛卫明的父亲愁的就是生产用房。他心知肚明，单凭现有的四间草房，就算全拿出来放置炒锅、石磨、敞缸、空心铜锤、陶制容器等工具，空间也无法得到满足，况且还有全家好几口人的吃喝拉撒住呢！建房是要钱的，薛锦华咬了咬牙，发誓"薛泰祥"的"百年老字号"牌子不能在他的手上倒下。没钱建房，那就租呗！通过别人推荐、亲友介绍、自己寻找，在李堡星火工程开发公司租了几间平房，到了1998年，又弃此处，改租到李堡堡西小学，用房共四间。今天看来，它的着落，远远大于地理位置上房子存在的价值，让这灿烂的瑰宝——古老的民间制作技艺，经历了风雨的洗礼、岁月的变迁，依旧为江海城乡人所喜爱，使其在民间扎根、生生不息。

直到21世纪初，随着资金的积累，薛卫明才动了心，想拥有自己的厂房。2002年，他终于用风雨和阳光绘就了"画册"，每一块水泥板和瓦片，都是他最美的图画。厂房诞生了，不光有了"泡洗"车间、"烘炒"车间、"上磨"车间、"汪油"车间，还解决了原料没地放、储存罐没法摆等老大难问题。

可以看出，生活在重压之下且存活下来的人没有夸大痛苦的习惯。他们不激烈、不颓唐，更不退缩，几乎看不出内心的波动，并非他们故意要按捺，也许，这就是人间至纯至净的跃动和某种自我维护的本能。如何解释？父亲也好，儿子也罢，在苏中大地上一步步走来，磨炼过几十年的他们，换过活计，走出一片片不同的天，唯一不变的是，他们从未断过对"小磨麻油"制作技艺的热恋与执着。直到今日，他们还畅游在传统技艺的世界里无法自持。

几十年来，薛卫明始终如一，仍然把控着芝麻油制作的每一道工序。"烘炒"是榨油过程中的第五个工艺流程，这一步中能否掌握好温度成了成功的关键。即使在电子控温的当下，依然离不开技艺高超的薛卫明，因为不同的季节，不同产地的原料，同样的温度，炒出来的芝麻的成熟度都不一样。这样的"火功"，薛卫明说是有窍门的，第一步先以大火快炒，使芝麻粒子均衡受热；第二步转中火匀炒，使粒子渐渐发鼓生香；第三步用文火勤炒，熏芳保香；第四步起锅扬烟，散热冷却。退火了，他会立刻用手指将芝麻粒子捻成粉末状，一看眼前是否呈现出枣红色，二闻是否有股扑鼻而来的浓香。

我点头称赞！

其实，在炒制过程中，薛卫明是高度专注的。他的脸憋得通红，双眉像是拧成疙瘩，就连胳膊上的青筋都看得清清楚楚。只有那对眼睛一直在不停地转着，不是看色，就在观气，用感觉来拿捏芝麻的成熟度。而这种感觉，恰是一种物我相融的意会，更是多年经验的结晶。正所谓，"台上一分钟，台下十年功"！

接下来是"上磨"。薛卫明将炒熟的芝麻倒在小石磨（电磨）上，然后将磨速设定为每一分钟转六圈。这是有讲究的，石磨磨制必须在低温下，即60—65摄氏度的环境中进行，这样，芝麻中的主要芳香物质及功能性营养成分几乎不受任何损失，同时用铜勺舀起从石磨缝里流出的芝麻糊，然后扬起、倒下，看其拉下的长丝，若能达一米以上，且不断线，则芝麻糊品质为最佳。

的确做到了。这就是非物质文化遗产的"灵魂"所在。

"晃油"是制作芝麻油的最后一个流程（不含储存）。将研磨出来的芝麻糊倒入晃锅，分3—4次加入一定比例的饮用开水，反复搅拌、摇晃，再用专用紫铜葫芦对芝麻糊进行千万次敲、振，促其油分充分发挥，利用水和油比重不同这一特点，水将油从芝麻糊中置换出来，浮到上层（俗称"水代法"），在水之上，用真空吸管将油吸出，放置沉淀。

等他吸完最后一管时，已是凌晨两点多钟。他抬起头，看看眼前"站"着的一只只陶瓷缸，鼻子一吸溜，有一股熟悉的香气，如多年来他深爱的女人，牵着他的手迎他回家。

薛卫明是"薛家小磨麻油制作技艺"的继承人。祖先四百年前就开始以芝麻为原料，用"水代法"加工制作，磨出的芝麻油色泽金黄光亮、香味馥郁沁人，是百姓餐桌上不可或缺的调味品。同时，"小磨麻油"还有它独特的医疗保健之功效。"益气力，长肌肉，填脑髓，久服轻身不老，坚筋骨，明耳目，耐饥渴，延年。"据营养学家科学分析，芝麻油中含有人体必需的不饱和脂肪酸和氨基酸，以及丰富的维生素，铁、锌、铜等微量元素，食用它对保护血管、润肠通便、减轻咳嗽和烟酒毒害、保护嗓子、治疗鼻炎等都功效不凡。

后来，他的姑母薛锦凤和父亲先后成了"薛泰祥麻油坊"的掌门人；再后来，他成了"海安市李堡麻油厂"的负责人。

少年薛卫明继承了一手制作芝麻油的好手艺。上辈人说，自从汉代张骞从西域带回了芝麻（也称"胡麻"）种子，就发明了榨油技术。"麻油里的河南南阳麻油、陕西三元小磨香油、河南驻马店麻油、河北大明麻油、安徽威武麻油等"，已名闻天下。当然，最有名的山东"崔字牌"芝麻油是中华老字号，也是中国驰名商标，市场占有率一直第一。

渐渐长大的薛卫明心里，对遥远的仿佛另一个世界的芝麻油制作人充满敬意。在他看来，无论是那个品牌的芝麻油，还是中华老字号，和自己加工的芝麻油都一样。于是，他总觉得，在中国乃至全世界，他都是有知音的。所以，他暗暗跟他们较着劲，"薛泰祥"牌子不能倒。

"这辈子，油，我磨定了！"

我多少次想，如果薛卫明当年和他弟弟一样，不选这一行，他此生还能与古老的民间技艺结缘吗？人生没有假设，这是薛卫明的路，也是传统制作技艺的命。

五

回到家，可能是太晚的缘故，我的睡眠变得支离破碎。四周空空荡荡，在芝麻油的余香里，我进入了梦乡。

我梦见我在一个梦境里飘浮，如同立体的圆月亮在海平面上下浮沉。我在梦里捕捉着"它"——有时，它是一枚芝麻蒴；有时，它是一粒芝麻；有时，它被石磨磨成糊；有时，它又变成清澈透亮的液体被装在玻璃瓶中。它是帝王将相指定的御用贡品，亦是殿堂上的礼仪；它是平民百姓餐桌上常用的调味品，亦是人间上等的食用油；是医疗上的保健品，亦是保护血管、嗓子和治疗鼻炎的良药；是文人墨客的料，是菜的友，是他乡明月，是游子的根，是路的尽头……在成千上万次敲打中芝麻一次次涅槃，万千生命在"永恒的不完美"中感受短暂的完美；香气浓郁、口感醇厚的它，为漫长的生命苦旅完成了一次次短暂的释放，哪怕只有一滴油的时光。

而那个制油人，那个一身香气，手掌上沾染着温度的人，在我的梦里转身，面目清晰、眉宇紧锁，他从未想过要"释放"他的艰辛与坚忍，即使累到极点时，他也只是轻轻地叹上一口气……

一个翻身，我从睡梦中惊醒。刚才"捕捉"的或梦见的那一幕幕，就是中国食用油的命运在传承中得到了发展，在发展中得到了升华。它不仅是江海平原上的一种文化符号，更是中华大地上的一种文化元素。

六

国庆节过后的某一个午时，我又一次走进"李堡麻油厂"。恰巧那天厂里没有生产，有几个工友正在卸货，从货车上将原料搬到厂里。其中有一中年男子，他好像知道我是谁，我想他应该知道，因为我来过。于是，他主动和我搭话，说："我叫马发祥，是本镇人，十六年前我就来厂里了。薛厂长人好，把我留到现在。"

马发祥的年龄比薛卫明大一点，个子中等，说话轻柔，音调低缓，但能说会道。"那你是厂里的老人了？"我问。

"算是吧。"

我一时也不知道该说什么，便加入他们的队伍，和他们一起用肩扛一袋袋江西鄱阳县产的芝麻。说到原料芝麻，如果用作加工芝麻油，选料是有学问的。第一步，挑选生长期长、光照充足的白色薄皮芝芝麻；第二步，芝麻的籽粒要饱满、胖墩墩的，一拍开就能感到油腻；第三步，要咀嚼，测定出真正浓香又微甜的芝麻，确保天然的"高香质"。这几条，用马发祥的话讲："江西鄱阳县的芝麻是达标的，一直是我们厂的首选。"

就这样，我们边扛边说。当然，偶尔也会驻足，面对面聊上几句，但谈得更多的是关于薛卫明一些不为人知的故事。

那是芝麻油厂组建不久，薛卫明发现，用家传技艺制作的芝麻油，有两个问题在操作过程中稍不留神就会发生。但他又知道，依自己现有的专业水平是无能为力的，只能借助于外力。于是，1999年和2012年，他慕名而去分别到了无锡轻工大学（今江南大学）和郑州大学，带着问题请教了油脂专家。通过专家对传统制作流程和技艺的解读、分析，找出了容易导致"酸价"和"苯并芘"超标的原因，提出了予以解决的相关对策。如获至宝的薛卫明，忧郁一扫而空。他这才知道，以这种创新的工艺方案结合传统技艺所生产出来的芝麻油才是"油中之王"，才是人们餐桌上的"座上宾"。

正当我们聊得开心的时候，我接到了薛卫明的电话。电话里传来嘈杂的声音，他说，不能来厂了，原因是那片"芝麻园"正在播种小麦。我还开玩笑地讲，种上小麦那就得改名叫"小麦园"了。我是懂的，等来年小麦收割完毕，再种上芝麻，新的一轮生命又开始了。这叫一茬接着一茬长，一棒接着一棒跑，正如当下这种古老的方式：父传子续，口耳相传，薛卫明的儿子又成了"薛氏第十五代麻油制作技艺的传人"。

他在电话里呵呵笑。那是半个月前我从未感觉到的放松，他讲："你什么时候再来厂玩呀？"

"我会再来的。"

搁下电话，我由衷赞叹！

广阔的江海平原，薛卫明真把自己平展展地"扔"了出去。那是一幅多么壮观的景色，阳光下有他播种的身影，灯光下有他制作芝麻油的背影，校园中有他请教他人的身影……光影变幻中，那一个个定格瞬间就像一幅幅油画。

而油画中响起的歌声与说笑声，从春天到冬天，循环往复，犹如从石磨中飘出的芝麻香，争先恐后从瓦片中跃出，像一群被释放的孩子，雀跃在大江南北的一道道屋脊上，久久游荡在乡村、街头。

夕阳总是如期而来，落日的余晖如梦。面对流云的坦诚，我不得不驾车往回赶，又忽然想起好像忘了和工友们一一告别，说声再见。我想，即便如此，我们一定会再见的。

味蕾的记忆

一种奇怪的情绪忽然从心底涌出，一遍遍翻搜乡土残留于味蕾的记忆，尤其是喜欢吃的那些美食养成的味觉习惯，总是令人念念不忘。直到今天，我才理解为什么它们能牢牢地占据着内心，决定着对世间所有味道的判断——那是因为家乡的食物"绑架"了我们的身体、记忆。

羊肉

《说文》中讲道："羊，祥也。"《周礼·夏官·羊人》记载："羊人掌羊牲，凡祭祀，饰羔。"羊在古时是重要的祭祀食品，是吉祥的象征。《本草纲目》中也说，羊肉是大补之物，能比人参、黄芪。正因如此，人类食用羊肉历史悠久，也逐渐成为一种文化基因，渗透到人们的精神世界当中。

羊肉有山羊肉、绵羊肉和野羊肉之分。我国的北方和南方在饮食习惯方面存在着很大的差异，北方人口味重，南方人口味偏清淡，从而也导致了羊肉做法上的分歧。在北方，尤其是草原地区，食材资源丰富，羊的个头大、膻味小，一年四季，羊肉管够，都倾向于原汁原味的粗放式做法。而南方人呢，看中的是食之既能御寒，又可补身，它既是食材，又是药材，对虚亏体质有治疗和补益的效果，常在秋冬季食用，作为冬令补品，人们习惯于带皮吃，做法精细，佐料和配料也极为丰富，比如白切羊肉。

白切羊肉在海安乃至江海平原极为普遍，无论是城镇中的大酒店，还是小巷里的小饭馆；无论是乡村中的农庄，还是百姓家中的宴席。白切羊肉是必备的一道招牌菜，每逢过年，百姓家里，此菜更是少不了。

我是海安人，白切羊肉当然吃得多。我一有雅兴，便会叫上几位朋友，去羊肉馆美美吃上一顿。去羊肉馆吃羊肉，在海安有两个好去处，一个是丁所（地名，隶属海安），一个是曲塘（地名，隶属海安），方向正好相背。说起丁所羊肉，可追溯到唐开元年间，各地商贩逐"吴盐甲天下"之利到海边挑私盐，饥饿的时候便杀滨海草田中的山羊，放在水里清煮，渐渐演变成独具风格的丁所羊肉。当然，曲塘羊肉也有一百多年的历史了，如今已经成为曲塘镇餐饮文化的一张特色名片，名扬国内外。其实，两处的羊肉区别并不大，不是吃家，一般难以辨别。吃客的味蕾是鉴别食物最灵敏的检测仪。我住海安，因去曲塘方便，就会去曲塘。再一个原因，当你走在曲塘大街上，满眼都是羊肉馆，什么韩宝余羊肉馆、吴连喜羊肉馆、西桥羊肉馆……那"羊肉味"的香气溢满世界，把路人熏"醉"了，口水直往肚子里咽，即便囊中羞涩，也得扭过头来，朝馆里看看，吸上两口，沾沾"羊气"，也算是对味蕾的一次满足吧。而我呢，此情此景正如我愿，必然会释放出浪漫的诗情古意，那种觅食的欲望更加强烈，不进馆子都不行了。

因为我们是常客，老板知道我们想吃什么。一会儿，典雅的青花盘被端上了桌，盛着精细刀工切成的干片羊肉，层层叠叠，纹理分明；盖头是生姜丝、蒜白，有时还添加香菜，于是，赭红、鹅黄与乳白、青翠组成了一幅绝妙的静物图。

而什么时候开始食用这幅"静物图"是有讲究的。通常情况下，主人必须等食客观赏后，添上酱油、"小磨麻油"等佐料，食客方可使用。但这个时间段是可变的，可长也可短，如果食客是第一次来海安吃羊肉，那他或她观赏的时间会长些。当然，这也是"羊"老板所期待的。

那为什么海安的羊肉会这么"时髦"呢？

为了弄清制作羊肉的秘方，三年前冬季的某日，我走进了现场，目睹了"羊"师傅的精湛技艺。

曲塘羊肉以口感细腻、肉质鲜嫩、没有膻味为特色而名扬天下。食材上，挑选本地优质山羊，而这种山羊在平时吃的是青草、红薯藤及小麦和玉米秸秆的混合饲养。在冬春枯草季节，则以玉米、大麦、大豆、麸皮、饼粕等作为补充，这样喂养出来的山羊膻味淡、肉质嫩、肥瘦适合、绿色健康。

但凡开羊肉馆的人都知道：材好，还要手艺好。

宰杀后的羊要分成块，在清水中浸泡24小时，途中再换4次水。入锅前将羊肉洗净，在开水中汆一下，以除去羊肉中残余的血水。换上清水后，羊肉下锅，依次放入装在袋里的扎有小孔的白萝卜、红枣、橘子皮、少许核桃仁，倒入料酒。这些辅材在水中就会释放出各自的味道，随之融合，发生奇妙的反应，这样，既能除去羊肉自身的膻味，又能催生出羊肉原本的清香。

这时，"羊"师傅开口了："为了推陈出新，满足各类人的口味，我反复试验，在煨煮羊肉时，若同时加入茉莉花茶和山楂，那口味真叫顶呱呱，让人百吃不厌。"

这一点我坚信无疑。因此，茉莉花茶和山楂的加入又是手艺人让羊肉食之无膻味的点睛之笔。

大家都知道，茉莉花茶中的茉莉花素、茶氨酸和茶多酚可以分解羊肉中的癸酸和乙酸所发出的挥发性膻味，加之羊肉性温，茉莉花属性寒，两者相得益彰，使羊肉趋于温和，从而适合更多人食用。

山楂中含有丰富的脂肪酶和山楂酸，脂肪酶可以促进脂肪分解，山楂则可以提高蛋白质分解酶的活性，而肉类的主要成分正是蛋白质和脂肪。因此，山楂的加入不但可以缩短熟烂羊肉的时间，还能减少羊肉中的脂肪和胆固醇含量，可谓一举两得。

我听后，点点头，原来如此。但就在此刻，只见"羊"师傅上前一步，揭开锅盖，用大火烧煮，让各类辅助食材和香味迅速融入羊肉中。几十分钟后，他捞出半熟的羊肉，此时的羊肉已经没有了一丝膻味。再换上清水，将整块老姜拍松，一把香葱打结放入，盖上锅盖，大火烧开后改用文火炖焖。此时的火候掌控决定着羊肉的口感，若时间太短，羊肉的香味会被膻味所掩盖，肉质僵硬，且难以咀嚼；若时间过长，又会导致羊肉松散，烂而无香、嚼之无味。

须臾，我突然听到："好了，可以起锅了。"

我本想打破砂锅问到底——"怎样才能知道使羊肉口感最佳的时间"，可想了想，还是别问了，"羊"师傅又没有主动告诉我，这里面肯定隐藏着秘密和说法。

其实，他们也很不容易。为了"口感最佳的那一刻"，他们不知要经过多少次的摸索与试验。不摸索，就不得发展；不发展，传承亦将难以为继。

接着，他用熟练细腻的刀法将羊肉与羊骨分离，羊肉放到一旁自然冷却，而羊骨则还于锅中煨汤，一时间羊香氤氲，浓郁的香味源源不断地从店里涌出，在街头巷尾弥漫着，让人们欲罢不能。

当今，海安羊肉更牛了，其做法也是五花八门。除了最有名的白切羊肉，还有羊眼焖蛋、酥脆羊耳、酱汁羊蹄、孜然羊排、糖醋羊肝、水晶羊脑、羊肉馄饨、烤全羊，每一道美食似乎都在挑逗着味蕾，给予人们极大的享受。

还是那句说得好："民以食为天。"一道名菜被"叫响"，毫无疑问，这个地方必将引人瞩目。

猪头肉

几年前，沙岗（地名，隶属海安）猪头肉作为素材上了中央电视台的节目《舌尖上的中国》，显然，这是对传统制作技艺的肯定。

说到猪头肉，要是在二十年前，我对它是充满了"敌意"，说白了，它从未打动过我的味蕾。不过就是那么一次，改变了我的食物习惯。那天，我的一位战友从外地来到海安，我们将近十年没有见面，为了叙叙战友情，我顺便也约了在海安的其他几位战友一起陪他吃顿饭。依稀记得，那顿饭所上的菜是很丰盛的，在冷菜当中，就有一盘猪头肉。我坐在那儿左看右瞧，觉得像是猪头肉，但又不是特别像，我很纳闷儿，猪头肉在我脑海中的样子应该是皮白肉呈紫黑色，近看皮的表面还带有一根根短短的猪毛。而今天上的这盘肉，与我印象中的猪头肉却截然不同，色泽红润、滑嫩鲜香，浓香扑鼻而来，看一眼就让你口舌生津。也就是从那时起，每到一处吃饭，猪头肉都是我必点的菜品之一。

提到沙岗猪头肉，手艺最好的要数徐正江。他的爷爷徐庆华在农村时就是个杀猪匠，以前农村逢年过节，村民会主动上门请他来家杀猪，最多时一天能杀十几头。农村圈养的土猪被杀后，一部分供自家食用，另一部分拿到农贸市场上出售。杀猪后，农家不给屠宰人报酬，只给猪头或者内脏作为酬谢。猪头多了，一下子卖不出去，徐庆华便用来卤制猪头肉，也卖出了名声。后来，徐庆华将这"手手相传"的手艺传给了徐正江的二伯，二伯再传给徐正江。

而今，一大碗热腾腾的三鲜面，一小碟香喷喷的猪头肉，开启了海安人寻常的一天。原本不被看好的乡间的粗鄙猪头，却被海安人用传统的技艺将它的好处发挥到极致，迷倒八方食客，使之登上了大雅之席，在民间成了恒久的美食。

这类美食，在一般人眼中，它的制作方式很简单，只要经过选材、洗净、熬煮、配料等流程，一盘"进口即化，一抿下肚"的猪头肉就成了。其实，要出一盘香糯浓醇、肥而不腻、咸淡适中，令人口齿生香、食欲大动的猪头肉，并不是那么容易的，所费的工夫也不少。就拿熬煮中的"入卤"来讲，那是最关键的一步。其中就有三点做法与他人所想有天壤之别，一是沙岗猪头肉用的卤汁是经过文火慢慢熬成的家传秘方；二是猪头下锅时必须肉面朝上，骨头朝下；三是所有调料放好后，还得加放三只老母鸡，目的是给猪头肉提鲜、提香，算得上是"点睛之笔"。这简单吗？不简单。即使他人能将后两步学到手，但第一点——卤汁的秘方谁能学来？当然，他的子女就不能相提并论了。

沙岗猪头肉香、好吃，还有一个很重要的因素，那就是用什么燃料来烧煮是有学问的。从猪头入锅，盖上锅盖起，就得用文火慢慢煨上三个小时，但生火的材料不能用煤炭，只能用本地的胡桑老根熬煮，这才致使卤制出来的猪头肉与众不同。有些人煨煮出锅的猪头肉嚼起来是脆脆的；有些人制作出来的猪头肉吃起来口味略咸，用咸来彰显肉香。应该讲，诸如此类的猪头肉与沙岗猪头肉相比，在口感上是有本质区别的。

正因为如此，"非遗"传承人徐正江才有了底气，也才敢"出口狂言"。他讲过，用家传的老卤煨出的猪头肉，慕名而来的顾客是数不胜数，有来自新疆、上海、浙江、广东、江苏、安徽等地的，还有外国友人，如新加坡人、新西兰人等。在当下，销售新潮化，用真空包装邮出又成常态，但就其顾客而言，想尝一口猪头肉，还得提前一周预订，否则将无法满足，其原因很简单，因为每天出锅的数量是一定的，而求远远大于供。

还有一点值得他"吹"。眼下，一个制作猪头肉的人，也是他的徒弟，竟有五十八个入室弟子，来自全国各地，算得上是桃李满天下吧，这别说在海安了，就在全江苏省也是罕见的。每当他描述起来，就像个小孩似的，一脸意犹未尽的兴奋。这样的人注定要成为徐家制作技艺的传承人。

这让我想起了曾经有人说过的一句话："出门在外，最放心不下的，就是家乡的猪头肉，因为我就好那一口。"猪头肉在他的心目中，就代表着家乡的味道。不过在海安人的心目中，甚至在苏中人的心目中，吃猪头肉的意义不仅仅在于满足口腹之欲，它作为海安人的美食专属，早已升华为一种浓浓的、不可释怀的家乡情结，深深地融入血脉之中了。

麻虾酱

麻虾又名糠虾，是一种独产于李堡（地名，隶属海安）地区的野生淡水小虾。它的体重只有0.006克，体长0.9厘米，皮薄肉软，多见于没有淤泥、没有污染的河流内，因其永远长不大、小如芝麻而得名。

它虽是世界上最小的虾种，但富含大量人体必需的营养成分。研究表明，每100克固形物中含蛋白质15克、钙100毫克、锌6毫克、磷230毫克等人体必需营养。因其味道鲜美独特，自古民间就有"好菜一桌，抵不上麻虾一吮"之说，同时也被人们称为"中华一绝"。

为此，这小小的虾用特有的技艺熬制，让它登上了餐桌，成全了人们的味觉。不过，这传统的熬制技艺与麻虾，就如同两个走不同道路上的人，在光阴的流水间各自寂寞、独自生长。直到有一天，历尽千帆，某个黄昏，或者夜晚，或者某个时候，它们相遇在一种叫麻虾酱的食物里，在生命最后的旅途，终不离不弃，甜蜜美好地度过余下的光阴——这就是有着几百年历史的李堡麻虾酱，是人们舌尖上不可多得的味道。

历经上百年时光的淘洗，麻虾酱终于被"唤醒"了。就李堡区域而言，会熬制麻虾酱的住户遍地开花，人数更是不计其数，但其技艺的传承仍以古老的方式——上辈做着、晚辈看着，"手手相传"，所以，麻虾酱作为一种产业、一种文明延续到今天。试想一下，江海平原、苏中大地上还有哪个小镇靠这个传统手艺支撑了上百年，并且还在延续？我被自己的发问吓了一跳。

2020年1月，中央电视台，有一档节目叫《远方的家》，在第93集中，用较长的篇幅介绍了李堡麻虾酱的由来与制作技艺，毋庸置疑，这是对美食——麻虾酱的认可。窃以为，是认可也好，点赞也罢，有一半要归于海安城里、李堡镇内的名典小吃。你看，东方既白，这里的人开门的第一件事就是直奔特色小吃店、早点坊、食府，或与家人，或邀请朋友去品尝今日的第一口美食——面条拌麻虾酱，这种"拌面"风俗，让李堡麻虾酱名扬四海。

恰巧前不久，从南京来了几位作家，说要去体验李堡人的生活方式，顺便再吃一顿味道鲜美又独特的"水面拌麻虾酱"。于是，我提前联系了一户，请他们准备好麻虾，等我们到了再熬制。按照事前约定，上午十点我们准时到达。主人见我们到后，不是倒茶、端来点心，就是拿水果，李堡人的热情好客，让大家备感温暖。一阵闲聊后，便转入正题，主人在前，我们在后，进了厨房。我看了下已经清洗干净的麻虾，大约有五斤，放在不锈钢盒中。而熬制的工具就是农村烧柴火的那种土灶。

熬制开始了，主人还真把我们当成他的徒弟了。自从把麻虾倒进锅里，他便打开话匣，滔滔不绝。"下锅烹饪前，首先，需要把各种葱姜蒜等辅料进行烹炸，把香味熬出来，才可以倒入麻虾。烹制麻虾时，要大火熬制，手不能停，需要不断地翻炒，否则容易煳锅。要持续炒一个小时左右，麻虾才能入味，再加入适量的牛肉酱……"大约说了一个小时，他突然抬起头来，对着我们说了一声："一道风味独特的麻虾酱可以出锅了。"

在一旁看着的我们，不约而同地发出同一种声音："香，好香啊！"真可谓满屋生香，让人垂涎欲滴。在这浓郁的香味中，不仅有油香，还有麻虾的味道、牛肉的味道和淡淡的辣味，都慢慢地爬上了我们的鼻腔和头腔。

其实，这种传统的熬制技艺绝非一朝一夕就能练成，它需要时间的积淀，漫长的光阴。即使如此，他熬制麻虾酱也极为讲究，或者说是有窍门的，柴火的热度、翻炒的频率、熬制的时间、辅料的比例，都必须把握得无比精确。在今天，熬了半辈子麻虾酱的他，心中装着的仍然是这一传统的技艺，离不开的是这一产业，但更离不开的是和他一样爱好这一口的友人。他熬过多少次麻虾酱，送走多少麻虾酱，不计其数，留下最宝贵的，就是那些气味相投的吃客。这些客人来自五湖四海，甚至是从未谋面的朋友，就如我的那些作家文友们一样。

为了满足大家的味蕾，主人上了一碗刚刚熬制的麻虾酱，另配几碗带有葱花的清汤面和两盘子馒头片。根据饮食的喜好，有的人将水面拉到面前，有的人伸手去拿馒头片，但他们都没有往嘴里送。理由很简单，麻虾酱的用量是多少，主人没发话。原来，一碗面条放一勺子麻虾酱拌匀足矣；而馒头片的吃法更为简单，只要蘸点麻虾酱就可以了。迫不及待的他们，那一口吃下去，酱汁奔流，香鲜味刺激味蕾，让人不能自己。

可眼下，李堡的麻虾酱推进的不仅是时间，也是演进的美食文化。它不仅是火锅、大饼、米饭的最佳佐料，还可以用它做春卷饼、麻虾馄饨、麻虾小笼包、麻虾豆腐、麻虾炖蛋等，它成了这座城市独有的美食符号。

小方糕

小方糕在我们这儿称得上是无人不知、无人不食。它的魅力，这座城的人是没法拒绝的。一个人从婴儿时期已愉快接受，直到老之将至，这样的味道依然相随。生命并不孤独，因为总有些难忘的味道，让它连接无数亲人，连接从前与未来。

自从进了腊月，人们就开始忙碌蒸糕了。选材精细，用的是里下河优质大米——糯米和籼米，正常情况下，糯米的占比大一些，可以是三分籼米七分糯米，也可以是四分籼米六分糯米，这一点视各家人的口味喜好而定。糯米粉的比例越高，制作出的小方糕就越细腻、黏性越强，当然也会过于实在，缺少酥松绵软的那种感觉；反之，小方糕的口感会变得粗糙、缺少黏性。所以，正常都取三七比例。

定好比例后，将准备好的籼米和糯米放入清水中浸泡一昼夜，然后滤去水分，将米放入石臼内，用碓反复捣即成米粉。这时，制糕人会拿来预先准备好的糕模、底板和刮尺。糕模就是一块正方形的模具，等分成一个个上大下小的斗状方格，一个个小方斗就是小方糕的"窝"。而底板就是一块完整的方板，上面雕刻着福星高照、福禄双全、一本万利、吉祥如意等各种代表吉祥的文字或各种花卉的图案。

更让人好奇的是，奶奶讲过，糕模与底板是祖上传下来的，并不是家家户户都有，需要时，向人家提前预约、借用；用完后，作为感谢，还得附上小方糕，与清洗干净的蒸笼一起归还。老祖宗立下的规矩不能破。

接下来就更有意思了，像变魔术似的，让人眼花缭乱。装好糕模，用箩筛把米粉筛细，并均匀向糕模中筛入米粉；填满糕模后用尺刮平，盖上笼布和底板，立马翻转180度，这既要求连续性，又要求准确性，还要控制好力量和弧度，差一点都不行。放平后，再用刮尺在糕模边上轻轻敲两下，让底板与米粉分离，慢慢挪动脱掉的糕模。此时将小方糕放入蒸笼，蒸上15—20分钟就可以出锅了。

而我呢，每每到了这个时候，总会习惯性地站在离灶台不远处，透过蒸腾的热气，心里在不停地数着数，快了、快了，还有最后一分钟。因为我是长孙，奶奶最疼我，有什么好吃好喝的先给我。于是，她用筷子先从蒸笼中给我夹了一块，我赶紧接过来，往嘴里一送，咬了一小口，热腾腾的，那才叫爽——劲道爽滑，米的香味直逼味蕾，真香！此时，我就在想，常有人说吃是一种文化，也是一种情调，更是味觉的享受。想想也对，老子之言更是令人称道——"治大国如烹小鲜"。以烹饪来比喻治国，可谓烹调实在是大事！

不过谁也没料到，在今天这个浪漫的情境中，一块小方糕的美食"成分"又更上一层楼。宾馆、餐厅普遍将其用作席间的一道必备点心，尤其像结婚喜宴、祝寿寿宴、为儿参军送行、入学谢师，甚至是早餐或晚茶，小方糕都必须"登台亮相"。从某种意义上讲，它的现身，不管是人们有意识的还是无意识的，都带着人类古老的记忆，带着传统的技艺，完成了从粗糙到精湛跳跃式的转折，跨越时间，穿越空间，形成了朝代分明的文化岩层。

文化是时代的产物，时代也应赋予美食以新生命。在当地，这小方糕还是岁时节令、喜庆佳期、民俗活动中祈神祭祖之贡品，使用时，美称也因时因地而不同。

春节敬神祭祖设供时称作"年糕"。在每一神位（从"天官""灶君"到"猪栏""牛栏"神位）前，各放置呈"品"字型的"3墩"年糕；除夕夜打扫厨房，洗锅刷碗之后，在每一口铁锅内各置放"3墩"年糕再盖上锅盖，以求大年初一揭开锅盖后就有"喜见登高"的好兆头；大年初一的早点，除了吃糯米圆子（称作"捧元宝"）之外，每人吃的第一块糕点，一定得是小方糕，并称作"登高"，寓"步步登高"之意。读书人的"登高"寄寓求取功名俸禄，生意人以"登高"寄寓经营兴旺发财，种田人的"登高"寄寓五谷丰登、六畜兴旺。

重阳节敬神祭祖设供时称作"重阳糕"。人们习惯在"重阳糕"的表层先筛上一层红色米粉，叠成"1墩"后，在上面放置一撮红糖，紧接着，在"品"字型之上的那墩"重阳糕"

上再插面三角形刻纸的小彩旗，名曰"重阳旗"。在进食时人们说"吃了重阳糕，越过越年少"，祝福老年人"越活越年轻"；有的还说"吃了重阳糕，就把午觉甩"，意指此时已经进入秋季，日头越来越短。若是一个大家族，"重阳糕"多由晚辈，特别是"当家的"晚辈向长辈敬奉，取"福寿双全"之意，也是百姓中传承的"家有一口老，全家福寿高""家有一口老，子孙散不掉"的意向表达。

嫁娶、祝寿、敬神祭祖设供时称作"喜糕""寿糕"，均以"糕"寓意"高"。在糕面上先筛上一层红色米粉，是吉祥如意、福寿双全之意。宴席上请新郎、新娘，请寿星，或请尊贵的客人、年长的客人食用小方糕时，都说成"登高"，祝愿中青年人"步步高升"，祝愿老龄人"健康长寿"，祝愿孩童们"长命百岁"。

这小小的方糕看似不起眼，但其寓意倒纷繁复杂、内涵丰富，让人痴迷了千年，"方糕文化"兴盛至今，一直为人们所喜爱。同时，我还发现小方糕上的图案也特具艺术个性，虽然谈不上栩栩如生，但每一块小方糕都是一件用米粉蒸制而成的"工艺品"，这既带有里下河民俗色彩，又可以让人们品味到中国的美食文化。

说到"工艺品"，我就想到了糕面上的图案。

"图案财神糕"，是一种"双联糕"，是由两块小方糕连在一起的长方形米粉蒸糕，糕面上凸起的是脸部相向的一对手捧元宝的财神爷。通常用于敬神祭祖，祈求神灵祖宗保佑敬奉者心想事成;"图案八仙糕",由八块小方糕组成,整合起来恰巧构成了"八仙"拥有的"宝物"——何仙姑的莲花、吕洞宾的洞箫、铁拐李的神仙葫芦等,象征着人们对神仙之境的向往和对美好的追求;"图案喜庆糕",在两块相连的小方糕上有凸出的"凤凰"和"牡丹",寓"风吹牡丹"之意……也可在小方糕的面上刻"金玉满堂""三元及第""五子登科""吉庆有余"等吉祥语。这一个个图案、一句句短语,正是传承人运用传统的制作技艺,将中华美德中的"和亲、和敬、和顺"的"三和"寓意表达得淋漓尽致,让人动容。

因而可知,数百年来,苏中人对它充满了热爱和眷恋。小方糕如此受青睐,除了其独特的美味与民俗习惯之外,还在于其优势,比如,它能作为贡品;再比如,它有着因时因地而成的不同的寓意;等等。这些优势是许多其他食物难以媲美的。

海安的美食甚多,我取其几种介绍,是因为它们的制作技艺已列入江苏省或南通市或海安市非物质文化遗产的名录中。至于其他美食,以后再介绍,来日方长,相信后会有期。

运盐河的文脉

　　没有人对京杭大运河的开凿奇迹存有异议，它理所当然被视为世界水利工程史上的里程碑。在这条大运河上，有这么一段河流，因它的地理位置独特，所运物品关乎国计民生，成了大运河上的一条不可缺少的重要支线。

　　这条支线另有别称，一部分人称其为"邗沟"或"上官运盐河"，又有人称其为"上河"或"运盐河"。但不管名称怎么取，每每听人提及运盐河，总让人有壮阔豪迈之感。尤其那碧波荡漾的"身姿"，潇洒自如的"神态"和百转千回的"步履"，在抑扬顿挫的水声节奏中，挥舞着柔似绸缎的"水袖"，始终盘旋于苏中大地上。而我，作为一名最为忠实的观者，这样的跃动景象，怎能不唤醒我对运盐河无穷无尽的遐思？

何为运盐河？顾名思义，就是以运盐为主的河流。其实，在今天，当我站在任何一个留存下来的古遗址上，遥想当年，我的大脑中最先出现的一个词是"震天骇地"。因为在我看来，提议开凿运盐河的人，还有那成千上万经年累月顶着重重困难开凿的民工，无疑都是顶天立地的大男人。

说到凿建运河，无论如何也绕不开刘濞这位西汉的诸侯王。刘濞是汉高祖刘邦的侄子，在他20岁的时候，恰巧英布发动了叛乱，且荆王刘贾被杀，于是，他以骑将的身份跟随刘邦率兵讨伐英布，一举击破了英布的反叛军队。此时的刘邦，为了不让强悍的会稽人挑衅西汉政权，他便封刘濞为吴王，并让他统辖"三郡五十三城"（封地包括今江苏、浙江两省大部分和安徽、江西东部的一些地域），国都建于广陵（今扬州）。

封王后的刘濞来到吴国，他发现吴国的矿产资源十分丰富，特别是东边有大海，海水中蕴藏着取之不尽的海盐。善于利用资源优势、为吴国寻求致富增长点的刘濞，在社会上募集了很多逃亡人士来到吴国煮海水产盐，但随着煮盐人越来越多，盐的产量也在不断攀升，随之而来的问题是，怎样把这些盐变为财富呢？于是，人工开凿运盐河便成了他的原创"产品"。

据《嘉靖惟扬志》记载，"吴王濞开邗沟，自扬州茱萸湾通海陵仓及如皋蟠溪，此运盐河之始也"。不难看出，运盐河的开凿时间为西汉惠帝、高后年间，运盐河是刘濞为西运如皋蟠溪地区，在海陵（今泰州）设盐仓，积贮盐斤以备运销而开凿的一条人工运河。其西起扬州的湾头镇，经泰州、海安，东至如皋的蟠溪。但极具经商天赋的刘濞，一开始就想到了从如皋运来的盐不可能总是放在泰州的仓库里，扬州应是盐业的集散中心。为了区别于春秋时吴王夫差为北上争霸，刘濞在邗城（今扬州市邗江区）的东边另开凿了一条南北向的"邗沟"，外线连通了长江与淮河之水，巧合的是，隋唐以后又成了京杭大运河的骨干河段——内道，正如《宋史·河渠志》所记载那样，"汉吴王濞开邗沟通运海陵"。

尽管后来野心勃勃的刘濞谋划了"清君侧"，以诛杀晁错为由，联合楚国、赵国等军队发动了"七国之乱"，以兵败和刘濞因叛乱而身亡告终，但他的运河开凿事业仍后继有人。自汉以后，历代续有延凿。晚唐太和年间，由如皋向东延伸至掘港亭；唐末向南延伸至白蒲；五代后周显德五年（958年），为北运今南通地区南部所产海盐，屯田盐铁使侯仁矩自通州向西北凿河40里，至任家渡（今任家口子），隔清水港（古横江）与白蒲的运河相接；到了北宋嘉祐年间，古横江淤塞成陆后，通州静海县知县张次元开凿运河自任口向北接通白蒲。至此，运盐河全线贯通。一路九曲十八弯，达212.5公里。后因其界于南通与扬州之间，故又称之为"通扬运河"。

尤其是唐宋以后，捍海堰、范公堤与连接盐场的复堆河、串场河形成之后，运盐河就与通州盐场及泰州所属的盐场直接连接专门运盐，使苏中地区一度有了"吴盐甲天下"之美誉。有史料记载，北宋年间仅通州诸场产盐就有40多万石；明洪武年间盐丁多达上万人；到了清代，竟达到十几万人。而盐场又有多少家呢？暂且不谈其他地方，据唐李吉甫《无和郡县志》中说，清嘉庆七年（1802年），泰州盐运分公司管辖下属11个盐场。"上多流人，煮盐为业"，可见，唐代是这样，那后来宋、元、明、清又如何？恐怕有过之而无不及。

不仅如此，还有一组数据令我惊喜。经查阅，它的开凿年份不仅比京杭大运河的全线贯通早了1400多年，而且比埃及筑通的苏伊士运河早了2000多年，比巴拿马运河通航也早了2000多年。

这让我蓦然想起了康有为的两句诗："且勿却胡论功绩，英雄造事令人惊。"的确，运盐河的诞生，无不闪耀着历史的豪光，它不仅让吴国走上了民强之路——"有诸侯之位，而实富于天子"，而且留下的亘古印记，也成了世人探秘的导引。在两千多年前，在这广袤的苏中平原上，开凿手段、运输工具都根本不能称为发达，甚至近乎笨拙，吴王刘濞敢弄出这个"运河设计"，并要实打实地、一人一锹一担地付诸实施，该有多大的胆识、多大的气魄！当今之人，且不说你沿运河之始徒步走上一段，即使你乘快艇"飞"上一趟，也不会是一次轻松的旅行。当你踩上这条长长的历史古道时，它所荡起的犹如一首首浪漫诗章的"浪花"，飘逸着晶莹的灵气，默默无闻地滋润着这片绿畴无垠的田野和过着男耕女织日子的万千黎民，你能不被震撼，不被折服得五体投地？都说吴王刘濞是"七国叛乱"之暴君，是有违大汉王朝一统天下的不义之人，试想，他要是不"暴"不"举"，还真难成"君"。

二

运盐河，是江淮大地的河，江海平原的河，更是大运河不可分割的一条支河。

运盐河穿过许多城镇，但它又不属于某一座城市或某一个镇。或者说，它自己就是一座独立的城池，同时它又是朴素的，更具乡土气息——尽管它在地域和时光中是那样宏大，也改变不了自身"乡土"的品性。而它的那种品性又是由自己的性格决定的，因为运盐河的水流与性格是独立而完整的。它们之间的沟通是通过船只、码头或驿站，在往来与虚实中实现的。

这种连接，是船连接水路与现实的通道，是运盐河苍老而坚固的"牙"，一口咬定了几千年"顽固"的光阴。我知道，运河一线几百公里除有许多或大名鼎鼎、或隐姓埋名的码头驿站之外，还出现过一大批贤人达客和商贾的身影，至于与历朝帝王是否有渊源，或者说有没有皇帝的脚步踏过，依我看来，这些都不重要了，因为它们都是岁月里坚如磐石的事实。事实上，倒是运河上的那些似是而非的传说，或曾经发生过的那些事情，被运河及仰仗它生活的儿女们铭记。

日本有一僧人叫圆仁和尚，838年，那时他45岁，随日本遣唐使西渡来唐求法取经，从掘港亭登岸，先下榻延海村国清寺，后入"掘沟"西行，经海安，用了21天的时间抵达此行的第一座城市——海陵，然后到达扬州。在日后其所著的《入唐求法巡礼行记》（简称《入唐记》）一书中，详细记述了顺运盐河西进的所见所闻，沿途就见"官船积盐，或三四船，或四五船，双结续编，不绝数十里，相随而行"。仅从这几句的内容来看，圆仁和尚饱读诗书，他站在船头，迎着清凉的河风，目睹着河湖荡漾、舟楫竞发、商贾流连不绝的景象，将一肚子学问和抱负倾诉给运盐河。其实，说"倾诉"也罢，道"感叹"也好，像他这样的大人，那是内心的一种本能反应，对运盐河的崇敬，让他的笔下升腾起一道"神性"的光辉。于是，在之前25字的铺垫之下，又加上了"乍见难记，甚为大奇"的游记片语，实在讨人欢喜。

"先天下之忧而忧，后天下之乐而乐"，这是北宋政治家、文学家范仲淹所作《岳阳楼记》中的名句，大家耳熟能详。但在宋真宗天禧年间，范仲淹还任过西溪盐官，可能不被众人知晓。他在《至西溪感赋》中写道："谁道西溪小，西溪出大才。参知两丞相，曾向此间来。"范仲淹在海陵任盐官和兴化县令期间，其勤政为民的不朽业绩给后人留下了动人的传说。经查阅，范仲淹在海陵提出的"君子不独乐"，比"先天下之忧而忧，后天下之乐而乐"还早了20多个年头。

传说，范仲淹踏上海陵这片土地，是1021年的一个春天，朝廷调任他担任海陵西盐仓监。此时的范仲淹步入仕途已有六年，自从他踏上官场的那一天，就给自己立下了"以天下为己任"的政治抱负。作为一个读书人，他深知盐和铁在国家治理中的重要性，因为当时的盐税收入是国家财政收入的重要组成部分，而海陵又是淮南盐的主产地，更有着举足轻重的地位。自从汉代吴王刘濞在此"煮海为盐"起，海陵的盐业就享誉中原，唐开元年间朝廷就在海陵设立了盐仓监，负责监督、管理沿海各盐场的贮运及转销；至唐大历年间，"海陵盐税，天下居半"；而到了宋朝，则有了更进一步的发展。

一代名相吕夷简是他的前任，咸平五年（1002年）就在海陵担任西溪盐仓监，在此苦心经营整整六年，他带领灶民盐丁，解决海陵盐运中转缓慢的痼疾，使得盐税征收与日俱增。吕夷简虽然在盐场生活清苦，但苦中作乐，亲手种植了一株牡丹，精心养护，每年到了春天，牡丹花开得分外艳丽。吕夷简触景生情，为在海边怒放的牡丹花赋诗一首：

> 异香浓艳压群葩，
> 何事栽培近海涯。
> 开向东风应有恨，
> 凭谁移入五侯家？

这首诗很快就传遍大江南北，人们争相传读抄颂。范仲淹又怎能不知。但他更知道十年之前神童晏殊也在海陵担任过盐监官，他又是吕夷简的前任。虽然时间不长，但晏殊才华出众，又有老师陈彭年的指导，将盐场治理得井井有条。但晏殊并不满足于此，他创办书院，施仁政、宣教化，亲自任课执教、开启民智，一时间开风气之先。

两位前辈在海陵所做的功绩激励着年轻的范仲淹为海陵老百姓谋福祉、做实事，为官一任就要造福一方。

到海陵后，范仲淹马不停蹄地四处视察民情，深入盐场一线，他亲眼看到前辈吕夷简手植的牡丹花正迎风怒放。这一年，吕夷简也正式拜相。范仲淹在花丛边久久徘徊，心潮澎湃，写下了"阳和不择地，海角亦逢春"的诗句，正是他心中的那份"为官不择贫富地，偏让海角逢春光"的远大志向和高洁品格的写照。

实际上，运盐河为苏中地区留下的悠远文脉远不止于此，北宋欧阳修写下名篇《海陵许氏南园记》，后被收入《古文观止》；文天祥躲避元军追捕时"自海陵来向海安"；清代林则徐任江苏巡抚期间在泰州立碑，"永禁滕鲍各坝越漏南北货税"……因盐而兴为苏中留下了"州建南唐，文昌北宋"的辉煌。

所以说，运盐河也是一座城池，一座流动而强大的城池。那里的人们有自己的故乡，河流是他们故乡的一部分。他们在流动的时间和空间里形成了一种流动中的稳定，这种稳定就是亘古不变的生活方式及人们脸上坚毅的面容。船上的人轻易不上岸，而岸上的人也难得上船。两者近在咫尺，却像是隔着不同的城市，甚至不同地域。他们操着不同的方言，在自己的船上照顾着生计，并不理会所经过的那些城市或城镇，觉得运盐河就是一座充满温情和幸福的城池，一座流动的城池，是实实在在、触手可感的宏大存在。

船就是运盐河的鱼，它们生龙活虎地在滔滔河水里繁衍生息。不管是木制的船舶还是钢铁的巨制，是朝廷的气魄还是民间的彪悍，运河里移动的城池一直与经过的岸上城池息息相关，它们都因为水流过带来的善意而富庶与美好。正如圆仁和尚在《入唐记》中写道："21日卯时，大使以下共发去，水路左右，富贵家相连，专无阻隙。"

三

自从运盐河开凿后，沿线两岸人们的生活品质得以提高，他们喝的是运河的水，看的是运河的景，走的是运河的桥，是运河的水滋润了苏中平原上的人，人们自然从小便与它结下了深厚的感情。

那么，这条运盐河为什么要东西走向呢？回答自然是东边近海，可以制盐，至东向西运到集散地扬州，然后分发，再从大运河运出。这只是其一，而现实中，它的功能远不是运盐或运粮，还有一个不为人知的功能，当然，这里所讲的"不为人知"仅指非土生土长的江淮、江海人。

大家知道，在中国版图上有江淮和江海两大平原，都因长江和淮河冲积而成，其水系也不尽相同，这条人工运河恰好成了江淮东部长江水系与淮河水系的分水河，这在我国古代治水史上是少见的。从地形上看，扬州以东从湾头经宜陵到海陵至海安一线，看似一马平川，有水无山，其实，很少有人知道，在长江三角洲冲积平原与里下河沉积平原交会处，就有一条若隐若现的蜀冈山脉，只不过由于地壳的运动与变化，使这一带变为蜀冈隐入地下的余脉，且渐渐消失。而古老的运盐河恰恰就是沿着蜀冈余脉的走向开挖的，它恰到好处地把这两种不同地貌分隔开来，成为上、下河地区的分水岭。运河以南，为滨江冲积平原，是地势广阔平缓的上河地区；运河以北则地势低凹，有的地区甚至是形若釜底，是众水所归的下河地区。海安亦是，河南为高沙地区，河北为高平地区向里下河地区过渡。假如在今天，要在这一望无际的大平原上要开挖这样的一条运河，我们凭借勘测仪器与测量技术，完全可以在施工前精确地测绘出地形的高低差来，但在两千多年前的古代，我们想想看，如此浩大的工程，他们是怎么确定这运河的方位与走向的？这绝对不能简单地用偶然、巧合来解释，这不能不说是令人惊讶的奇迹。

正是因为运盐河的选址恰当，它不仅承担着繁重的运输任务，同时也肩负着里下河地区农田的排灌与泄洪的使命。

说到排灌，当然要讲到与农民生产生活紧密相关的种植业。江淮东部的滨海地区是"海势日东去"后泥沙不断堆积滋长出来的，说白了，这片新生的土地就是盐碱地，而盐碱地是长不出庄稼来的。那怎么办？每年到了耕种的季节，运盐河就会通过堰闸不停地给沿海一线广袤的平原输送与调节南来的淮水与江水等淡水资源，来催化土壤的改良。久而久之，到元代，终于在姜堰成功地长出了一种"白种稻"，"白米"由此而得名。

运盐河是土地和生活的源头活水，它的深情润泽着沿岸人民。由于长期引用淡水灌溉，使运盐河两岸的土壤结构发生了质的变化，成了膏腴之地，农民不仅可以种水稻，连大麦、小麦、元麦及大豆、黑豆等经济作物也可以栽培了。直至今天，"穿越"两千年，农民的种植已不仅仅满足于这些，几乎每家每户都有菜园子，但更多的农户是为城里的人种菜——这里是城市的"菜篮子"。此外，还出现了果园种植大户、花卉种植大户及农业生态园、农业示范园等，故运盐河之北的里下河被誉为"鱼米之乡"。应该说，正是先民们别出心裁的举措，才有了今天人们的新向往、新活法、新生活，也让我由衷地对运盐河的设计者和建设者充溢着崇拜和感激之情。

英国诗人艾路特在《传统与个人的才能》一文中说道："一种新的艺术作品之诞生，也就是从前一切艺术作品之变幻的复活。"文化领域是这样，建筑领域是这样，水利领域亦如此。

排灌能使土壤发酵，土质得到改良，让农民种上庄稼，过上自己想要的日子，但里下河毕竟地势低洼，一旦遇上发大水，必淹无疑，殃及百姓。这一先天的缺陷，我们的先民想到了，祖先想到了，运盐河也想到了，据《泰州志》记载："金湾河水势七分入芒稻河，三分入盐运河，东经宜陵镇抵泰州城，又流经姜堰、海安，由力乏桥下海。"力乏桥，即立发桥。不言而喻，在那个时候，运盐河就有了排泄洪水的功能，加之历朝历代不断地对运盐河加以疏通、拓宽、加深、升级和复制（又名新通扬河），使其作用发挥到极致。这不得不让我想起1991年那场百年不遇的特大洪涝灾害。

那年7月，苏南大水、皖南大水、浙江大水、太湖泛滥……运盐河以北的里下河同样未能幸免，那雨下起来真如瀑布般倾泻而下，水位急剧暴涨，客水压境，很快超过警戒水位1.87米，这就意味着一旦圩堤决口，落差近2米的洪水将会以席卷千军之势冲毁堤内一切，人民的生命财产就毁于一旦。但幸运的是，海安人民充分利用了运盐河的泄洪功能，每隔几年，在汛期到来之前加固圩堤、建设提水站、疏通入海总渠，其成效十分显著。在这次浊浪滔天面前，有力地阻止了如同脱缰之马的洪水向圩区纵深漫延，险情得到了有效控制。人民得救了，财产保住了，里下河也由此成了"汪洋中的绿洲"……

如今看来，运盐河这座流动的城池，就像一个古稀的老人，遥远得难以想象、难以捉摸，通过历史幽深的断层，谁又能完全掀起它的传说与奇幻的"盖头"？至少我不能，兴许你也和我一样，不能。其实，能与不能都已无关紧要，重要的是这股绵延不绝的文脉，它不仅绚烂了千年的时空，更涵养着江淮、江海大地上的万千子民。这正是我的所思所想，也是我的答案。

春茧图

某年农历四月，我刚好从部队转业回到海安，在家待分配，趁机将一些细碎时光留给七万两千五百条蚕。

一

五月初的一个清晨，这是蚕农的时间。它的到来如同太阳和地球那样，依然相安无事，让世人精准"穿越"。因此，坐落在苏中平原上的这座农宅，和往日一样，太阳翻过黑夜的墙，跃上地平线，如期而至，依旧像一个快乐的孩童，毫无倦态，潇潇洒洒从宅院围墙孔中爬了进来，与周围的翠竹、花卉、梧桐树、水杉等交相辉映，构成一道亮丽的风景线。

但就在日出之前，一批可爱的小精灵已悄然潜入苏中平原的每一个角落，甚至每个农户家。它比一缕缕晨光埋得更深、潜得更远，晨光无法穿透的每个皱褶，它都能逐一到达。

无孔不入的"小精灵"——蚕，正在绿色的世界里悠闲地"游动"着。

那时我并不知情，催青好的蚕种已从菜籽粒那么大的卵变成了会爬行的幼蚕。

放大镜下，七万两千多条蚁蚕轻手轻脚、行动迟缓地将自己的身体从桑叶丝的夹缝中搬到细细的叶丝上，静静地匍匐着，像七万多个无知无畏的"小精灵"穿行于森林之中。如女性之发丝般柔软，灰白色的头部、墨绿色的身体、毛茸茸的脚。别看它小，但个个都是机灵鬼，看到眼前又碎又绿的桑叶，它们便用力跨出腹足，靠布满细细茸毛的足推动身体向前行进。有的胸足"抱着"桑叶辅助进食，有的尾足附着在桑叶上，有的腹足驱使身体前行。

怪不得从古到今，在人们的眼里，蚕是一种神圣的"动物"，被尊为"蚕神""蚕仙子"或"蚕宝宝"，这可能与一个凄美的爱情故事有关。

相传，帝喾高辛氏时期，蜀中某女之父被人掳去，只剩所骑白马独自返回。其母伤心至极，便发誓道：谁只要能将其夫救得生还，就把女儿嫁给他！白马闻言仰天长啸，挣脱缰绳疾驰而去。几天后，白马载着其父返回家中。其母见此反悔，不再提及嫁女之事。

从此，白马整日嘶鸣不止，不思饮食。其父见状，心中为女着急，取箭将马射杀，并把马皮剥下晾在院子里。但那马皮突然飞起将姑娘卷走，不知去向……数日后，家人在一棵树上找到了姑娘，但见那马皮还紧紧包裹着她，她的头已经变成了马头的模样，正伏在树枝上吐丝缠绕自己。从此，树称为"桑"，被人栽种；吐丝"马头"为"蚕"，被人类驯养，涅槃为丝，前往深邃和广阔之地，为开辟"丝绸之路"奠定了基础。

我放下放大镜，将其中一竹匾中的上万条蚁蚕连同碎桑叶一起，一分为二，倒进了另外两个空匾中，用一根鸡毛将粘在桑叶上的它们轻轻扫到了新鲜、干燥的桑叶上。或许是因为它们太小的缘故，倒进的一刹那，似乎蠕动了几下，又似乎没有，实在是看不清。

面对这样的意境，我的眼神，甚至我的嗅觉都能感觉到蚕亲昵地逼近，而我就在那一刻本能地向前走了一步，靠近它们，用手轻轻地触碰了一下，脑海里却奇怪地跳出几行诗：

农桑将有事，时节过禁烟。
轻风归燕日，小雨浴蚕天。

当它们还是一粒粒蚕种时，又是经过了谁的双手呢？当然是经过我爷爷之手。起初，蚕种被放在一本书大小的网状盒子里，盒子被隔成两半，上下两面都是纱布，四周是木制框。透过纱布可以看到蚕种如菜籽粒那么大，黑乎乎的，将它们放置在预先消过毒的蚕室里，需适温孵化。大约几个小时后，蚕纸上的卵开始蠕动，转瞬如雨后春笋破土而出般，黑乎乎的小点点变成了一大片。

爷爷取出蚕种纸，迅速用一根鸡毛将一只只蚂蚁大的蚕刷到竹匾里。安顿好它们后，将采摘来的鲜嫩桑叶切碎，覆盖在它们的身上。十来分钟后，桑叶出现一个个小小的孔洞，探出了一个个"小精灵"般的脑袋。

几万条勇猛的"小精灵"，在食物的"森林"里奔突奋进，狼吞虎咽地啃噬着桑叶，如镰刀收割麦浪，风卷残云。我仿佛看到，苏中大地上其他蚕农所饲养的千千万万条勇猛的蚁蚕，也正在桑叶的"森林"里狂奔向前，发出春雨打在万物之上般的"沙沙"声，整个天地似乎被雨声织进了一只巨大的茧里。

这是我第一次养蚕，准确地讲，是首次正式参与进来。因为在这之前，每年的春季蚕或秋季蚕的饲养都是由爷爷一手操作，即使我参与进来也只能做些辅助的活儿。不过，这次却不同，我得从头学，学手艺、学技能、学技术，将这五千年的古老产业传承下去。

二

我爷爷叫吴德辉，出生在一个贫寒的家庭，在他八岁时，他的父亲就撒手人寰，先天失明的母亲艰难地拉扯着只有几岁的兄妹仨。爷爷作为长兄，用稚嫩的双肩过早地挑起家庭的重担。

据说，在那个年代，为了能学到这门技术，爷爷只能利用去大户人家当短工的机会，像做贼似的在一旁偷偷听、偷偷学。后来，蚕由集体供养，桑田是集体的，最后的茧子也是集体的，爷爷便成了队里养蚕的骨干和懂技术的专家。

想想也是，能在"专家"门下做学徒，我太幸运了。即使我笨，在当下还不具备养活这七万多条蚕的能力，但有爷爷在，我的信心就在，相信它们一定会平安，一定能平安。

眨眼工夫，幼蚕已渐渐长大。已过二眠期的蚕，它们的身躯颜色正逐渐变为银灰色，犹如涂上了一层月光，耀眼照人。

凌晨一点，蚕在桑叶上发出春雨打在万物之上般的声音，恰巧与真正的雨声交织缠绕。

一个影子穿过幽暗的走廊，向着蚕室缓缓移动。影子形状奇特，像一头行动迟缓的怪兽，又像一棵移动着的树——一个稍胖的女人两手分别拎着一大篮子桑叶，低着头，喘着气，垂着双臂，两条腿像灌了铅似的，沉得迈不出步。走廊的顶灯照在她花白的头顶上，照不见她的脸。影子在地上"蹒跚前行"，似乎被走廊外飘进来的阵阵春雨打湿。

那人正是我奶奶。她将桑叶一篮子一篮子地运到蚕室里，一趟又一趟。而我和爷爷将这些桑叶轻轻盖到七万多条蚕的身上，像是给一垄垄的庄稼施肥。搭建得如宝塔似的一层层竹匾中爬满密密麻麻的蚕，犹如巨大的二维码图像。这是爷爷的杰作。为了让蚕舒适又便于人操作，爷爷别出心裁用木棍架起如梯子般的"床"，离地五十厘米，将空间划为三层，增大蚕室空间，又方便我们三人站在地上俯身或直着腰就能喂蚕。蚕太密集了，爷爷就连同桑叶一起抓起来，挪开、弄匀，用的是巧劲儿，不会抓伤蚕，然后再放到事先准备好的空匾中。

> 春深处处掩茅堂，满架吴蚕妇子忙。
> 料得今年收茧倍，冰丝雪缕可盈筐。

这首诗时时在我眼前浮现，还有一个声音不绝于耳——"宝宝，宝宝"，像对着怀里的婴儿呢喃。这是爷爷在跟蚕讲话，虽然我听不懂，但从他发音的口型我能想象出他叫蚕"宝宝"，而不是"蚕宝宝"，像是略掉了人姓名中的姓，语气比屋外的雨丝更轻，比记忆里的烛光更柔。

我将一片桑叶轻轻放在一条蚕身上，蚕昂起头，抬起白胖多汁的身体，去嗅、去够，如婴儿的嘴一接触到乳头便疯狂吸吮，咀嚼的频率极高。爷爷告诉我："蚕有耳，能听得懂人间的话语，因此，蚕室不可有淫声秽语，不然，蚕闻之即僵，其结果就不堪设想了。"

桑叶没了，我自告奋勇去拎。两只篮子装满后有一百来斤重，来回两三趟，两条胳膊感觉不到疼，只感觉到越来越紧，一股无名的力量让我驻足，喘喘气。我们喂好一间蚕，关灯，轻轻退出。再到另一间，从梯子形的底层向上来回往返……

我至今都记得，在喂蚕的过程中，最有乐趣的是当把桑叶撒向蚕时，犹如雨滴落入湖面，泛起一圈一圈涟漪，一间一间的蚕室里次第响起"沙沙"的"雨声"，屋外下着夜雨，整个苏中都在下着一场持久的雨，他知道吗？我爷爷能分辨得出两种"雨声"吗？又或者，他从来就没注意过。

是的，无须关注。喂完蚕，已是凌晨两点半，二老显出一种极为疲惫的样子，太累了，我叫他们回去睡会儿。可我此时睡意全没了，也许是过了睡眠点。他们走后，我从身后的蚕匾上轻轻拿起一条蚕放在手心里。

它正停留在一个梦里，一动不动，与我手心接触的，是它细嫩的腹足，凉凉的、极细微的痒顺着神经传至我头顶。其实蚕是有眠期的，它从幼蚕到上笼结茧，要经过四眠。刚孵化出的小蚕，三天进入一眠，以后的二眠、三眠，每次间隔为三天或四天不等，眠期不到一昼夜。四眠又称大眠，从三眠到四眠需要五天左右，眠期则要两昼夜。此刻，蚕已逐渐进入四眠，有些已经不吃不动，且头和胸都挺得高高的，少数已经沉睡，尾部正在蜕皮，肢体透出淡淡的青紫色，像人的静脉，又像玉石，凝固在时间里、梦里。

村宅家家帘幕静，春蚕新长再眠时。（是二眠）
只因三卧蚕将老，剪烛频看夜未央。（是三眠）
…………

它会做梦吗？会做什么颜色的梦呢？梦里，它是游弋的丝绸，鱼的尾翼，溪中的云影，半截月光，深潭的波光，光年之外的星云，一段古老民族的传奇，一句诗里的泪滴，还是剥去层层意义后最普通的一条虫？

第一次，我觉得虫是美的。

三

清晨，天光慢慢放亮，二老的对话打破了整个庭院的静寂。

爷爷说："老太婆，我去胡桑田摘叶了。"

奶奶应答道："行，你去吧！"

爷爷急匆匆地挑着两只空箩筐，用手拉开围墙东门的门闩便踏门而出。就在他迈出的一刹那，他与初升的太阳"撒"下的一缕缕晨曦重逢。但随着步子的加快，他的身影却越拉越长，犹如一张黑白分明的雕版图，刷印在白色玉版宣上的那种——只有重点，没有背景的图。这样的图，或者讲，这样的画，这种姿势与造型便是江海平原上农民饲养桑蚕的日常。

爷爷今年刚好七十三岁。爷爷在前，我紧随其后，绕过屋后的竹林，踩着夜里被雨水泡软的泥路，高一脚低一脚、深一脚浅一脚，像两条船漂过一浪又一浪的碧波，穿过一片胡桑园。我穿着一身旧军装、解放鞋，再戴上草帽，手里还拎着两只竹篮子，像一个地道的采桑工。幸好没下雨，否则我真难赶得上爷爷轻盈的步伐。

我和我们的影子，连同这片胡桑园，映照在苍穹的蓝天之下，是多么的普通、多么的安静！在时光里静静站了五千多年，时光选中它成为"东方自然神木"，选中曾日夜噬咬它的虫为"蚕"，让它们相互作用、相互成就，在人类文明进程里璀璨如火石、如光、如电。

吐丝成茧，然后作为"精灵"，尽情"飞翔"。我走着、走着，耳畔忽然响起宋代叶茵的《蚕妇叹》、汉乐府的《陌上桑》和南北朝的《采桑度》，我好像看见康熙久久伫立于采桑图前，画中的年轻男子爬在桑树上往树下扔着桑树果，树下一位男子正撩起衣襟仰头去接，一位红衣孩童蹲在地上捡着落下的果子。就在此时，康熙仿佛听到了桑田中采桑男女的欢声笑语，便挽起衣袖，一气呵成，挥笔写下：

桑田雨足叶蕃滋，恰是春蚕大起时。
负筥携筐纷笑语，戴鵀飞上最高枝。

这早晨的桑田里，虽然没有戴鵀（即戴胜，鸟名，下同）鸟，也没有踩着桑梯爬上桑树如鸟儿般歌唱的采桑女们，但空中却有一朵朵白云，像洁白无瑕的棉团飞驰在桑园之上，雨后粘成一团的湿气，被一声声锐利的"咔咔"声啄破。

飘向远方的白云，我爷爷没在意，如果有戴鵀鸟飞过，也许还会瞧上几眼。他蹲下身来，"咔咔"地剪着桑枝，一会儿又得站起来，顺着枝条从上往下或相反方向摘叶子。古稀之年的脸藏在用麦秆编织的一顶草帽下，由于长期光照的辐射，皮肤显得黝黑发亮，中等身材但人偏瘦，上身穿着一件灰色的小领长袖布衣，脚上是一双绿色的旧解放鞋，整个人显得有点"旧"，但绝对具农民范儿。

这三亩桑园，喂养着家中的七万两千多条蚕。爷爷剪一枝桑枝最多只需二三秒。左手抓住桑枝，一拗，右手的剪刀顺势一剪，一枝枝桑枝瞬间臣服在他两条老桑枝般的胳膊之下。一棵桑树有六七根桑枝，他用不了一分钟就能完成，而我不行，要用几倍的时间，刚刚才剪下十几枝，虎口已被压出一道道深红的印，感到有些刺心的疼。当然，这些印爷爷曾经也有过，不过岁岁年年，如今早已变成了老茧。

我抬起头来，看着爷爷干活儿的背影，眼睛不由一酸。

从蚕种孵化到收蚕茧，约一个月，每天凌晨一点开始喂蚕，喂好蚕，睡一会儿，天一亮就得去地里采桑叶。二十四小时要喂三四次，其余时间采桑、剪枝、整理桑叶，晚上九点多喂好蚕，十点半左右睡觉，一天只能睡五个小时左右。最辛苦的，要数四眠期后，即进入五龄期的蚕，随之而来的将是食叶量的猛增。据爷爷讲，七天左右蚕的食叶量要占到总食叶量的百分之七十五以上。由此，接下来人的辛苦程度可见一斑。

不过，一个月的苦对养蚕人来讲已成常态，让他们担惊受怕的是无桑叶进蚕肚。这样的例子，几年前在邻居家发生过。眼看秋蚕将熟，好不容易养大的蚕，到了最后一周却断"粮"了，活活饿死，几乎绝收。

怕蚕生病，僵掉；怕苍蝇寄生，蚕不能正常生长，最终导致茧子穿孔；怕蚕茧卖不掉，十五天后就会变蛾，咬破蚕茧，茧子就废了；怕蚕茧卖不出好价钱……

是的，养蚕极具风险性。五年后、十年后，或者多年以后，还会有当下的"公司＋蚕农＋基地"的运行模式吗？胡桑园还能得到长久的保护与传承吗？散落在民间的养蚕人家还会有吗？这些自问，我也无法回答。我摇了摇头，走到爷爷的身旁，问了一个极为普通的一个问题："爷爷，您养蚕几十年了，觉得苦吗？"

爷爷没有马上回答，而是想了想才答："晓明呀，我这一生，养了四十多年的蚕，总算没白过。养蚕虽苦，但也给我带来了无尽的乐趣，我有成就感。我之所以特喜爱这行，其意义在于蚕儿一天接着一天、一年接着一年、一代接着一代，在桑叶中编织着自己的梦与真，这才让它们的生命得以绚烂！"

言罢，爷爷继续干活儿。

我顿觉释然。"苦"于爷爷而言，已不再是事了。在他的人生字典里，养蚕才是他的事业和一生的追求！在中华大地上，正是由于千千万万个和他一样的人对养蚕技艺的传承、发展与突破，所以，栽桑养蚕这一传统产业才得以在民间扎根，生生不息，也才使中国率先开辟了连接东西方的"丝绸之路"。

在不知不觉中，灿烂的阳光已从头顶上穿过树叶间的空隙。爷爷挑着两箩筐沉甸甸的桑叶走在田埂上。我们一前一后，穿越于这片桑园之中，满载而归。

四

时间来到大眠后的第七天。每条蚕都比最初的蚁蚕大了好多倍，特别是爬行的幅度也是史无前例的大。所有的蚕几乎在同一时刻，用同样的力跨出腹足，尾足掰出响指，尾角点匾，身体向前移动。但好景不长，刚才还显得狂躁不安又似乎自信满满的蚕，猛然间像霜打的茄子似的，变蔫了。

我第一次看清它们的样貌。头部很大，白色的皮和皮叠皱在一起，凹凸不平，像一个老者，眼睛漆黑两点，没有光，口器很小，黑褐色，质地看起来比肉身坚硬得多。它的足上布满细细的茸毛，尾部有向上的肉刺。身体两侧成对有序排列的黑点是气门，用来呼吸，也可调节体温。我第一次这么认真看，想将它们印在脑海里，因为于本期蚕而言，这有可能是我给它们喂的最后一顿食了。

的确如此，还是爷爷看得准。蚕的食欲开始减退，身体开始萎缩，颜色也变成如玉石雕琢般的黄白色，这样的蚕就是老蚕，即将完成最后的使命——吐丝作茧。

早晨七点，已经有了薄薄的一层细弱的丝，在晨光里反射出微弱的光亮，因这异彩的光，忽然变得神圣。它们就在那一团光里面吐着丝，和五千年来所有的桑蚕一样，和苏中平原千万条桑蚕一样完成了自己的使命。

上笼后的蚕，不会很快安静下来，而是要用半天左右的时间不停地、慢慢地爬，当它认为某处最为安全时，就再也不动了。

频执纤筐不厌疲，久忘膏沐与调饥。

今朝士女欢颜色，看我冰蚕作茧时。

结茧，既复杂又艰难，分四个阶段。蚕吐丝的时候，头忽高忽低，来回不停地摆动，将丝吐出，做一个松软凌乱的茧丝网用作结茧的支架，将茧的位置固定下来；再吐出细而脆的丝，结成有茧的轮廓的茧衣；然后，蚕大量吐丝，形成松散柔软的茧丝层，称为蛹衬；之后，蚕的身体大大缩小，摆动速度减慢，吐丝凌乱，茧越织越厚，直至用尽最后一丝力气。渐渐地，一个个丝团变成了一只只椭圆形的茧子，薄如轻纱，茧色洁白，个头均匀，呈绒毛状，镶嵌在一块块方格蔟中，尘埃落定般的肃静，像是进入了永远醒不过来的梦。而它们——蔟中的一个个亮点恰巧构成了一幅幅春茧图，犹如银河系中的繁星璀璨夺目，浩瀚无比，极为壮观，让人叹为观止。

但令我惊奇的是，爷爷讲过，一条小小的蚕竟能吐出一千多米长的丝，并且一只茧全由一根丝织成，丝束的拉力竟相当于同截面的铁丝。如果把一万四千条蚕吐出来的丝连接起来，可沿着赤道绕地球一圈。不难算出，七万两千五百条蚕吐出的丝可绕地球多少圈？

难怪古人很会想象，连造字都别出心裁。"蚕"字拆开便是"天虫"，意为上天赐予人类的虫。可见，这一个个顽强而悲壮的生命，是蚕，亦是"神"，就像是从高高云端降临到人间的最为纯洁的"精灵"和最为美丽的"天使"。

自昔蚕缫重妇功，曾闻献茧在深宫。

披图喜见累累满，茅屋清光积雪同。

如此的场景，雪白的蚕茧，面对这幅幅排列有序的春茧图，我像耕织图中的蚕农般欣喜，但于蚕宝宝而言，却耗尽了一生心血，最终吐丝作茧，茧成身亡。

那我应该是喜，还是忧呢？内心充满矛盾的我，却想到了唐代诗人李商隐曾写下的"春蚕到死丝方尽"。这一名句，感动了千百年来千千万万的人。

事实证明，我想多了。很多时候，我们都应该感动于蚕用生命的丝线织茧而栖、沉沉而睡所带来的美学意蕴，因为它又一次完成了生命本质的飞跃。其实，蚕吐尽丝做成茧，蚕并没有死，它是在做一个坚实的梦，未来的梦，正蕴蓄新生命的复活，如此循环往复……这就是蚕到茧、茧到蚕的价值所在。

五

炊烟处处绕柴篱，翠釜香生煮茧时。

无限经纶从此出，盆头喜色动双眉。

这是康熙笔下的"练丝"环节，也是古代蚕农"煮茧抽丝"的真实写照。

海安人亦是如此。亿万年前，大海与长江的激情涤荡和温柔绞缠中，冲刷出长江入口北岸——海安这片沃野，于是，就有了"气候温和，雨水充沛，日照充足，四季分明"的自然环境。南唐时期，生活在这片神奇土地上的先民，凭借着天时地利人和的条件，开始了"栽桑养蚕，蚕结茧，茧抽丝，丝织成绸"的"耕结"，而传承至今，可谓历史悠久。

近百年来，世界蚕丝业中心发生几次大转移，江南沿海一带蚕桑业渐渐衰落，蚕农挖桑种粮、缫丝厂悄然倒闭纷至沓来。所幸的是，有着"中国茧丝绸之乡"美誉的海安，在20世纪六七十年代，努力"破茧化蝶"，桑蚕产业蓬勃兴起。进入21世纪不久，无论是桑园面积、年产鲜茧量，还是家蚕发种量、蚕茧产量均居全国各县（市）之首，名副其实成了中华蚕茧第一县。丰富的蚕茧资源，也为海安丝绸服装业的发展奠定了基础。

海安是幸运的。一条条天蚕、一片片柔桑、一只只茧子从历史深处传来的"窃窃私语"，正沿着时光之河，浩浩荡荡，一路获得越来越多、越来越响亮的回应。

就在前不久，我以乡镇领导的身份去了趟市缫丝厂学习参观，条条生产线都冒着蒸腾的热气，好一派繁忙景象。在缫丝车间，我恰好遇见了多年未见的高中同学，有着二十年工龄的她，已是车间主任。除了拉一些家常之外，她更多地向我介绍了缫丝生产的一些知识点、工序与关键技术。

其间，我问了她一个问题："厂里招工难吗？"

她点点头："是的，难。因为缫丝是个纯技术活儿，刚招来的新人到成才，需要几年的培养与打磨。并且你也看到了，缫丝工是很辛苦的。所以，现在的年轻人也不太愿意来我们厂。不过，当下还行，但我最担心是，到那时有没有人愿意来，就很难说了。"

毕竟我掌握的信息量比她要大得多。我随口讲了一句："将来不需要用这种手工缫丝机了。"

她跟进一句："是不是有自动缫丝机了？"

"是的。"

她连连点头。

看得出，仪态温婉的她，是在用心从事这个行业，做这件事。临走时，她送我一把成品丝，我没有拒绝，收下了。

　　　　丝成练熟时，万缕银光皎。

是缫出的丝！它发出的光，如幽凉的银光，如白发千丈。

我拿着如水中蜂蜜形状的丝，眼前却出现了这样的画面：

远古时代，一束丝的来处，把茧浸入装有水的大缸中，一位老奶奶在水中利索地揉搓脱去丝胶，若遇双宫茧将其剥开，再撑开蚕子，一层层套在手上拉成正方形的蚕丝小片，再套入一个小竹弓。丝绵兜会变成云朵雪花般又轻又软又滑的蚕丝被，轻拥起一位新嫁娘的梦，那是老奶奶也曾有过的梦。

没有缫丝机的年代，一束丝的来处，有蒸汽弥漫，有一双双因常年泡在热水里缫丝而异常发白的手，极易受伤，一根丝线都可能将其割开一道血口。蚕茧化蛹后，就要不分昼夜地缫丝，否则蚕蛹破茧，蚕丝就断了。手工缫丝更繁复，要搭丝灶、烧水、煮茧、捞丝头、缠丝窠、炭火烘丝，一天只能睡两三个小时。

眼下，一束丝的来处，有一双灵动的手。做了二十多年编丝工的李静，手指轻捻一枚尾部带刀片的特制小钩针，双手如蝴蝶翻飞，从丝束里找出常人肉眼几不可见的唯一头绪，再从每一束丝里勾出一朵"浪花"，将一串"浪花"用钩针穿在一起，打结。短短几秒钟，让人眼花缭乱，唯有赞叹。

…………

这些手，在伸向与蚕桑有关的一切时，如轻唤婴儿般无限柔情。蚕桑，对于这些手的意义，就是生计，就是衣食，就是天。

六

书房安静如初。回来后，我将老同学送给我的那一束丝和自养蚕做的茧一起，摆在《御制耕织图》旁——书柜的居中位置。然后，我后移两步，看着"书、茧、丝"的组合，我好像听到了书页里有人走动的脚步声，会不会那些人闻到了茧丝的气味而会醒来，打量着那七万多条新来的小生命？

那本书是康熙的《御制耕织图》。南宋临安於潜县令楼璹曾作《耕织图诗》长卷，图文并茂详尽描绘了耕织农事，多年后，康熙南巡得遇《耕织图诗》，对织女之寒、农夫之苦"惓惓于此，至深且切也"，命内廷供奉焦秉贞在楼绘基础上重新绘制耕图、织图各二十三幅，亲自题写序文，并每幅"制诗一章"，又命木刻家朱圭、梅裕凤镌版印制，"用以示子孙臣庶"。其中的《织部诗》呈现了浴蚕、二眠、三眠、大起、捉绩、分箔、采桑、上蔟、炙箔、下蔟、择茧、窖茧、练丝、蚕蛾、祀谢、纬、织、络丝、经、染色、攀花、剪帛、成衣等一整套完整工序。

此刻，宣纸上的男女老少纷纷跃下桑枝、墙头，或从蚕架后探出身，从茧蔟前抬起头，或挪开染缸，爬下织机，穿过深蓝色的封皮，跳下书架，与七万多条蚕宝宝"窃窃私语"。其实，它们的生命与他们已经在一起了，在时光之河里永生、传承，周而复始。

不是吗？

纵观春蚕记、春茧图，可以看出，《御制耕织图》不仅是一个时代的缩影，更是远古与现代一脉同轴的互应版。但它的积淀绝非一朝一夕形成，漫长的光阴，有多少故事与传承的接力，默默守护这份古老的财富。

五千年前，蚕是一只桑虫，时光选中一位先民发现"天虫吐丝"的秘密。

汉代，时光选中十六岁的刘细君成为中国第一位和亲公主，她将蚕籽藏在发髻中带到西域。漫漫岁月中，纤纤蚕丝连起了他乡和故乡，一点一点加固着丝绸之路，和亲公主们却早已蜡炬成灰，湮没在时光深处。

唐代，时光选中李商隐和某个无眠之夜，留下了那句千古绝唱："春蚕到死丝方尽，蜡炬成灰泪始干。"

已成束帛又缝纫，始得衣裳可庇身。

清代，时光选中年近古稀的左宗棠收复新疆，带领人们开荒、种菜、设蚕桑局、教当地百姓养蚕制衣，他离开时，塞外江南的风中哭声一片。

…………

时光选中丝绸成为东方古国的皮肤，神秘、绚丽。时光选中丝绸之路和万里长城，成为东方古国的血脉和脊梁，柔韧、刚硬。时光之河滚滚向前，选中什么，遗弃什么，留下点什么，是偶然，也是必然。那些最珍贵的，早已成为时光之河的一部分。

当我们把目光投向2006年，会发现作为江海文明的发祥地，有着"中国茧丝绸生产基地"之誉的海安，已将蚕桑和丝绸文化刻入基因，丝绸产业发展有了个繁盛时期。全市形成了较为完备的茧丝绸产业链条，具备了从栽桑养蚕、收烘处理、缫丝加工、面料纺织、染整加工、服装制作直至后整理等诸多工序的完成能力，成为全国唯一有最完整桑蚕茧丝绸生产加工产业链的市。

而今，海安丝绸，"日出万匹，衣被天下"。

....

时代赋予丝绸文化以生命，丝绸文化因应时代而繁荣。

也许若干年后，在中国的版图上，再也找不到哪家是最后一个养蚕户，看不到哪家是最后关闭的缫丝厂、染色厂、制衣厂……但此时，或将来，我都无意以文字修补什么，只想记下那些辉煌的过往。当然，我更相信未来，养蚕技艺也好，丝绸产业也罢，都会随着岁月更迭，随着时光流逝而变得更好、更强！

"非遗"之花飘香四海（代跋）

非物质文化遗产（简称"非遗"）是一个地区和民族传统文化的珍贵记忆，是中华民族精神与情感的重要载体。它繁衍于民间，具有浓烈的乡土气息，蕴含着丰富的生活共识，承载着深厚的文化底蕴，彰显着特色鲜明的民族文脉，从而促成了文化的多样性，激发人类的创造力。

而文化多样性的发展与时代的变迁息息相关，又和地域的差异血脉相连。璀璨的青墩文化孕育了海安数千年的悠久文明，生活在这片神奇土地上的先民，披荆斩棘、筚路蓝缕、刀耕火种、生生不息，创造了厚重的历史和丰富多彩的非物质文化遗产。

到目前为止，海安已列入省级非物质文化遗产名录11项，有传承人5人；南通市级非物质文化遗产名录17项，传承人7人；本级非物质文化遗产名录97项，传承人122人。海安的花鼓跳到了天安门广场，苍龙舞舞到了日本，焦宝林的扎染作品荣获第十二届中国民间文艺山花奖……这些"非遗"项目，以独特的艺术魅力，赢得世界友人的赞赏。

其实，我们都知道，传承是一条既漫长又艰辛的修行之路，这条路不好走。那是什么力量支撑着他们？仅仅是因为他们喜欢吗？当然不全是！我从他们的眼神中找到了答案——坚毅、刚强与睿智。说得更通俗的一点，靠的是一代又一代传承人的坚守与努力，是他们用那份责任让"非遗"走出来、活下来、火起来，扎根于民间，流行于民间，才有了这朵朵飘香四海的"非遗"之花。

正是基于上述思考，才有了以中国苏中地区珍贵的稻作文化、习俗文化、美食文化等为基本元素的系列散文《穿越千年的唱腔》《民谣飞飘里下河》《打莲花》《苍龙腾舞》《鼓点飞扬》《一线生万物》《檀雕成像浮现如初》《扎染旋风劲吹大江南北》《世间百态跃然纸上》《点浆记》《味蕾的记忆》《春茧图》等十五篇，并且这些篇目均刊发于第四届丰子恺散文奖获奖作品集《万物皆可爱》和《钟山》《北方文学》《安徽文学》《海外文摘》《江苏作家》《中国校园文学》等书刊。其中，《穿越千年的唱腔》获第十届冰心散文奖，《花鼓敲起来》（亦称《鼓点飞扬》）获第四届吴伯箫散文奖，《春茧图》获第四届丰子恺散文奖。这些作品都从弘扬和传承民族非物质文化遗产的角度，深度挖掘其中所蕴含的民族特有的精神价值、思维方式、想象力和文化意识，凝聚中华优秀传统文化中的精髓。我花去四年时间，深入民间、深入艺人的生活现场，亲身体验，走访探究，追本溯源，糅合人类学、艺术散文、报告文学和非虚构文本的形式，截取鲜活的人生横断面，与时代同行，用中华民族文化之光，书写传统之美、劳动之美、人文之美、生活之美、自然之美。

在实际走访、了解和体验的过程中，我发现我遇见的每个人、每个艺人，从未吝啬过自己的努力，他们总是呕心沥血，甘之如饴。这种近乎虔诚的执守，始自初心、工于匠心、成于恒心，早已超越了他们的本心。而他们在每一份最原生态的劳作里，都深藏着难以想象的艰辛、酸楚和无奈，也深藏着生生不息的古老美德，如一叶茶的苦涩和芬芳，久久地在舌尖上矗立，在心坎上颤动。

他们是我终身敬重并感恩的人。

四年来，写作时的我很像一棵老桑树。坐在海安新地标——中洋高尔夫公寓二十九楼的家里或别处，总觉得自己仍在生命的来处，东听黄海传来的阵阵涛声，南闻长江发出的"哗哗"作响声，海风、江风和水汽漫过苏中平原，拂着我的脸颊，浸润着我的心田，让我很是享受。我的脚尖如遒劲苍老的根须深深扎进土里，我的指尖如蓬勃绽放的枝叶，我在电脑上敲出的每一个字，都伴随着对写作的思考和理解，也伴随着文字带来的快乐战栗，我在感动中书写，书写感动。

希望这些文字结集成书后，能为读者们呈现一个清新而厚重的散文世界，呈现一个"独特"视角下多元多维的文化世界——充盈着灵气，也潜藏着雄风和大气；是苏中的，也是中国的；是中国的，也是世界的；是历史的，也是正在发生着的。若能给读者带来一点启迪和帮助，或使得读者对文学产生一点兴趣和追求，那将是我莫大的荣幸和快慰。

在该书付梓之际，衷心感谢江苏省作家协会副主席、江苏省文艺评论家协会主席汪政，首届鲁迅文学奖得主夏坚勇，第五届鲁迅文学奖得主、浙江省作家协会副主席陆春祥和第八届鲁迅文学奖得主、湖南省作家协会副主席沈念等名家为本书联袂推荐；衷心感谢夏坚勇为本书亲笔作序，他在百忙中一字一句地阅读书稿，字斟句酌地书写序言，这种专业臻美的风范和心系乡梓的情感真是让我感动不已；感谢出版方，感谢所有帮助过我的人！

2024 年 9 月于海安市